文学常识二十二讲

刘再复◎著

人民东方出版传媒
東方出版社

刘再复 著名文学家和人文学者。1941 年农历九月初七出生于福建南安县。1963 年毕业于厦门大学中文系。毕业后到北京中国社会科学院工作。曾任中国文学研究所研究员、所长，《文学评论》主编。80 年代以《性格组合论》和《论文学主体性》等著作引发全国性讨论。1989 年夏天移居美国，先后在美国芝加哥大学、科罗拉多大学，瑞典斯德哥尔摩大学，加拿大卑诗大学，香港城市大学，台湾中央大学、东海大学等高等院校分别担任过访问学者、客座教授、讲座教授、荣誉教授等，现任香港科技大学人文学部客座教授和高等研究院的客席高级研究员。

刘再复一手从事文学研究，一手从事散文与散文诗创作。其著作有《鲁迅与自然科学》、《鲁迅美学思想论稿》、《鲁迅传》、《性格组合论》、《文学的反思》、《论中国文学》、《放逐诸神》、《告别革命》（与李泽厚合著）、《共鉴五四》、《思想者十八题》、《传统与中国人》、《罪与文学》（与林岗合著）、《现代文学诸子论》、《红楼四书》、《双典批判》、《高行健论》、《李泽厚美学概论》、《教育论语》、《什么是文学》以及《读沧海》、《太阳・土地・人》、《人间・慈母・爱》、《漂流手记》、《远游岁月》、《西寻故乡》、《独语天涯》、《共悟人间》、《沧桑百感》、《漫步高原》、《大观心得》、《人论二十五种》等散文集。最近，北京三联还出版了《刘再复散文精编》十卷及《贾宝玉论》等。在美国出版的英文译著有《红楼梦悟》、《双典批判》；在韩国出版的韩文译作有《共悟人间》、《人性诸相》、《双典批判》、《面壁沉思录》、《传统与中国人》、《告别革命》等。其论文、散文还被译为法、瑞、日、德等多种文字。

目　录

自　序

三十年前，我写作的《性格组合论》与《论文学主体性》等，历史针对性很强，即动笔的目的性很强。当时针对的是从苏联那里拿来的“反映论”、“典型论”和“社会主义现实主义”等理念。文学本来是应当反映社会生活的，也可以塑造典型人物，但是，一旦设置了政治意识形态的前提，再谈“反映”，就不是真反映了，其典型也不是真典型了。基于此，我不得不以“主体论”这一哲学基点去更替“反映论”，也不得不用“人物性格二重组合原理”去打破“典型”名义下的各种假面具。三十年过去了，我现在谈论《文学常识》，则完全没有历史针对性和“目的性”。既不针对外，也不针对内，无论是前苏联的《文学理论》，还是被我国文学界延伸的《文学概论》，或者是欧美正在流行的“现代性”新教条，我都不再刻意去论争，更不去作颠覆性的批评。对于现在的我，“不争”不仅是一种“德”（《道德经》中讲“不争之德”），而且是一种"方式"，即不以争辩为出发点的建设性方式。所以，《文学常识》只是正面讲述，即只讲"什么是文学"和"我期待什么样的文学"，等等。

这种状况，也可以说，三十年前我谈文学，是"主动出击"，而三十年后的今天，我却是"被动讲述"。所谓"被动"，是说，如果不是被香港科技大学人文学部所"逼"，我是不会讲述的。2012年剑梅从美国马里兰大学移向香港科技大学人文学部。我到香港探亲，也顺其自然地接受科技大学的聘请。按照大学的制度逻辑，我必须讲一门课。想了想，最简便的方法就是我把自己三十多年来关于文学的思考（关于文学的基本理念）讲一讲。不必刻意去寻找资料，也不必刻意去构筑体系，对文学怎么认识就怎么讲。我不喜欢"倾向性文学"，不喜欢"意识形态化文学"，不喜欢"谴责文学"、"暴露文学"、"讴歌文学"、"隐私文学"、"黑幕文学"，甚至不喜欢娘娘腔的"抒情文学"和爷爷腔的"革命文学"。不管喜欢还是不喜欢，都可以坦率地表述一下，这也是一种快乐。在上世纪的80年代，我的文学观就大体形成，这套文学理念包括确认文学的天性乃是真实性与超越性，而非倾向性与阶级性；文学的基本要素是心灵、想象力和审美形式，而非"现实"、战斗力和意识形态转达形式；文学既不可以成为谋生手段，也不可以成为匕首与投枪（武器）；作家诗人要保持自己的"本真角色"，就不应当去从政或从商；不得不从政的时候，也应当超越世俗角色，而守持独立不倚的文学自性与创作个性；文学天生具有导引人类向真向善向美的伦理态度，但不是道德法庭；文学无须为政治服务，也无须政治为文学服务。文学作为一种心灵的事业，它实际上是自由心灵的一种审美存在形式。即使书写历史，也是心灵化的历史。因此，凡是不能切入心灵的作品都不是一流作品。我所指的心灵，不仅是情感，而且是思想。去政治化并不意味着放弃思想。相反，我特别强调文学的思想性。文学不是哲学，但它又可以“充分哲学”，这个中的原因就是文学可以蕴含丰富而真切的思想，甚至可以具有巨大的思想深度。我在《文学常识》的整个讲座中，有意以轻驭重，尽可能排除过去强加给文学的负累，把文学的功能只界定为“见证真实的人性”和“见证真实的人类生存环境”。并不像前人所讲的“经国之大业、不朽之盛事”那么伟大，也不像近代启蒙家所说的“没有新小说就没有新国家新社会新国民”那么沉重。然而，真的要实现人性见证与环境见证也不容易，因为，作家、诗人必须面对极其丰富和极其复杂的人的存在，这一存在并非哲学家描述的那种抽象的存在，也不是超人、天使、魔鬼这种神奇而简单的存在，而是千变万化的活人，即具体的、活生生的、有血有肉的、有思有想的生命存在。文学与哲学就从这里得到区分。杰出的文学作品（如《红楼梦》），其哲学明明在场，但又不是哲学著作，原因就在于此。从上个世纪到这个世纪，一百多年来，我国关于文学有过无数的争论，但今天悬搁争论，返回文学的初衷，只是面对最为丰富的人性和人类生存处境，并以此作为文学创作唯一的出发点，反而透彻明白。这也正是我讲述《文学常识》所要立的“心”和所要立的“论”。

因为在香港科技大学，我面对的是理工科学生，而且多数是本科生。他（她）们对于科学比对于文学更为熟悉，所以我的讲述不可深奥，不可过于“理论化”与“哲学化”。面对这些侧耳倾听的年轻学子，我只能选择讲述“常识”，尽可能深入浅出，尽可能化繁为简，尽可能为他（她）们打开方便之门，所以整部著作可读性较强。这可能是与中国国内的一般文学理论教科书最大不同的地方。

临末，我要感谢我的学生兼“助教”潘淑阳小姐，她把我的讲述加以录音然后及时整理出来，之后我再加以润色。我在十几年前曾在另一所大学讲述“中国的贵族文学”、“中国的流亡文学”、“中国的讴歌文学”、“中国的挽歌文学”等课程，可惜缺乏一个像“小潘”这样的有心人与勤奋者帮我整理出来，结果讲后便风消云散，有点可惜。《文学常识》曾在香港《明报月刊》连载，首先在香港产生影响，这要感谢潘耀明兄。仅连载了七八讲，香港三联副总编侯明兄就慧眼独到，向我约了书稿，并在今年五月就把《文学常识》推向社会（书名《什么是文学》），这又要感谢侯明兄和责任编辑张艳玲小姐。《文学常识》还有一层幸运，去年秋天，东方出版社的王艳小姐和前团结出版社社长、我的好友张宏儒及夫人贾达黎到香港来看望我，知道我有《文学常识》书稿，就与东方出版社副总编彭明哲兄联系，立即决定由他们推出东方版，因此，《文学常识》便一路顺风，从南到北无阻无隔。在此我自然得郑重地感谢这些真诚的朋友们和为此书承担全部打印工作、默默支持我事业的表弟叶鸿基先生。

刘再复

2015 年 6 月 7 日

美国　科罗拉多

第一讲

开设文学课程的理由

真正领悟天地境界并不容易，归根究底，最后一种境界就是一种完全超越功利的，与天地融合为一的境界——这就是美的所在。『文学的心灵』一定是超功利、大慈悲、合天地的心灵。

我们的课程可称作“文学常识”课，这一课堂应该是一种享受，一种快乐。在这第一课中，我想借《红楼梦》中的一个概念来表述我和同学们的关系，这个概念叫作“神瑛侍者”。“神瑛”就是“神花”；“侍者”就是“服务员”。神瑛侍者是《红楼梦》主角贾宝玉的前世之名，他在三生石畔对绛珠仙草（林黛玉前世之名）曾有灌溉之情，林黛玉通灵入世后便以眼泪报其恩泽。所以林黛玉成了眼泪的化身，不断地流泪。《红楼梦》也因此成了还泪之作。我很喜欢贾宝玉前世的名字，他进入人间，就是为了当神瑛的服务员。神瑛除了林黛玉、薛宝钗等贵族少女，也包括晴雯、鸳鸯等丫鬟。本来丫鬟才是侍者，贾宝玉却把位置颠倒过来，对她们关怀备至，像护花使者。贾宝玉很有佛性，他心中没有主仆尊卑观念。晴雯在世俗世界中是一个丫鬟，丫鬟是什么呢？就是女奴隶。贾宝玉没有“女奴”、“仆人”、“丫鬟”这些世俗概念，晴雯就是晴雯，鸳鸯就是鸳鸯，他的《芙蓉女儿诔》追念晴雯，女奴在他笔下被当作天使歌颂，完全打破等级偏见，这是大爱、大慈悲。我曾经说前北京大学校长蔡元培是20世纪最伟大的神瑛侍者，他把教授与学生都当作神瑛，自己当侍者；我到台湾开会，也曾称赞诗人痖弦为神瑛侍者。他的诗写得非常好，可以说是台湾最好的诗人之一。在他当《联合报》副刊主编时，每天都收到很多来稿，他很认真地阅读并回信，因此培养出很多优秀作家。实际上，好的编辑、好的老师都应该是神瑛侍者。今天这一课程，在座的都是“神瑛”，我是“侍者”，是同学们的服务员，我们将一起探讨文学是怎么一回事。

（一）献给人间的金蔷薇

现在开讲。俄国作家帕乌斯托夫斯基的散文集《金蔷薇》（上海译文出版社）的第一篇为《珍贵的尘土》，这篇文章告诉我们文学的真谛。它指出，文学是从生活与生命中提炼出来的“金粉”所铸成的“金蔷薇”，然后将这金蔷薇献给知音，献给最爱的人。故事记述法国列兵夏米与团长的女儿苏珊娜忘年之情的故事：列兵夏米受团长委托，跨海护送年仅八岁的美丽小姑娘苏珊娜从墨西哥前线返回法国。故事中的“苏珊娜”象征一种纯真美，夏米对苏珊娜的喜爱，不是世俗意义上的爱情，而是一种忘年之爱——夏米为了逗她高兴，便为她讲述家乡的一个故事。他家乡有个年老的渔妇，在她家的十字架上一直挂着一朵金蔷薇。这是年轻时的恋人送给她的礼物，这朵金蔷薇始终支撑着她的生命。即使在最贫穷的时候，她也不肯变卖，始终守住这朵金蔷薇。真情无价，心灵无价。文学就是真情，就是心灵。苏珊娜曾问夏米：将来会有人送给我一朵金蔷薇么？列兵告诉她：一定会有的！夏米把苏珊娜的话和自己的话记在心里。当年夏米按照团长的指令把苏珊娜送到她姑妈住处的时候，竟然忘记亲吻她一下，为此感到特别遗憾。多年以后，夏米成为了一名清洁工。他在塞纳河边，出于善良的本性，向一位女子嘘寒问暖，竟发现这位女子就是当年的苏珊娜。苏珊娜不由得说夏米还是像以前那样善良，并说她从未忘记过去的一切。此时苏珊娜的恋人、一个花花公子般的男演员已移情别恋将她抛却，使她很伤心。夏米见状，就让她在自己家里住了五天。其间，他看见苏珊娜熟睡的样子，听着她依稀可闻的鼻息，顿时觉得她简直就是天使，心中油然涌起一种对美的向往之情。他止于审美，并没有占有苏珊娜的欲念。在这数天里，他还帮助苏珊娜，让男演员回到她身边，但也在这个时候，夏米发现这个花花公子对苏珊娜并不真诚，当然也不会赠予金蔷薇。就在他们要分别的时候，苏珊娜又提出了那个问题：会有人送我一朵金蔷薇吗？这个问题正是故事的核心，因为故事的后半段就是讲述这个老兵是怎样铸造这朵金蔷薇的。夏米作为一个清洁工，已经习惯了夜间的生活，仿佛世界已把他遗忘了，只有老鼠知道他的行踪。但他不曾忘记苏珊娜的愿望，于是他就到首饰作坊的门口，把作坊处理掉的、含有金粉微尘的垃圾一袋袋地背回家，到夜深人静时，再一点点筛出金粉来。最后，竟然铸成了一小块金锭。他把金锭打成金蔷薇，送给了苏珊娜。从一个列兵，再到清洁工，他是社会最底层的人，可他的心灵那么美，而且从未放弃过对美的向往和追求。我们从事文学创作的，正是筛选金粉，打造金蔷薇的人。《珍贵的尘土》最后写道：

> 每一分钟，每一个在无意中说出的字眼，每一个无心的流盼，每一个深刻的或者戏谑的想法，人的心脏的每一次觉察不到的搏动，一如杨树的飞絮或者夜间映在水洼里的星光——无不都是一粒粒金粉。
>
> 我们，文学家们，以数十年的时间筛取着数以万计的这种微尘，不知不觉地把它们聚集拢来，熔成合金，然后将其锻造成我们的“金蔷薇”——中篇小说、长篇小说或者长诗。

我们的课程就是让大家学习筛取金粉，锻铸金蔷薇，无论以后大家从事什么职业，电脑、生命科学、环保等，你们不仅要当好技术员、工程师，还要学会感受金蔷薇和锻铸金蔷薇，金蔷薇可献给社会，也可留给自己或者身边的朋友。科技大学这样的理工型大学为什么要开设文学课程呢？就是为了让同学们多一种高级趣味与审美感觉，这就是对“金蔷薇”的兴趣与感觉。从这一点出发，我现在概说一下我们开设文学课程的几条理由。

㈡ 文学弥补人生缺陷

第一条理由是“弥补人生的缺陷”。仅仅了解科学技术，人生并不完整，还需要知道金蔷薇。有金蔷薇，才有人生的诗意。我们的人性，有植物性、动物性的一面，但更要有灵性、悟性的一面，而文学就是用来启发、激发生命中的这一面。这一面的学习与修炼，中国文化称作“灵修”。科技院校、理工院校的学生如果缺少灵修，那就只能当“技术员”，当“工匠”，而一旦有了灵修，就可以朝着“科学家”、“思想家”的目标迈进，行进中也就充满诗情画意了。人生可以追求伟大也可以甘于平凡，但这并不是最重要的，重要的是人一定要有诗意的生活。有人问我：到底是当战士好还是当隐士好？我说隐士如陶渊明、孟浩然，战士如鲁迅，当哪一种都可以，但都要有诗意。德国18世纪的哲学家兼诗人荷尔德林，他差不多和曹雪芹同一个时代，这个人在身后的一百多年被人们遗忘，后来又在20世纪被海德格尔等大哲学家重新发现。海德格尔在其著作里引用荷尔德林的话：“人类应当诗意地栖居……”

诗意栖居，首先是人应当像人那样，有理想、有尊严、有色彩地生活。如果人像牛马那样，就没有诗意。像机器那样，也没有诗意。牛马是“物”，机器也是“物”，人如果为物所役，诗意便沦丧了。庄子早就告诉过我们这个道理。可是，在现代社会中，科学技术发展了，人却被机器所统治。人变成了广告的奴隶，变成机器的奴隶，这就失去了诗意。因此，我们要实现人生的诗意，就要弥补人性的缺陷。让自己从“物化”、“异化”的陷阱中解放出来。哲学上的所谓“异化”，是指人被自己制造的东西所主宰，所支配，所统治。本来机械是我们制造的，可是机械现在反过来主宰我们，人“机械化”了。发明了电脑本来是很好的事情，但走向极端就变成了电脑的附件。我曾经写过一篇谈论孩子教育的文章，其中有一段写道：“现在的孩子赢得了机器，但是失去了大地和天空。我们的童年时代，虽然没有电脑、游戏机，可是我们成天玩沙，玩土，玩山，玩水，跟大自然接触，在大地上滚爬。我们并未失去大自然，没有失去天空、大地、花草和森林，也未被异化。”可是现在的孩子，每天埋头在各种人造的机器当中，反而造成了人生的一些缺陷。前几年我曾与我们科技大学的数学家励建书教授对话，探讨了一个重要议题，我把它放进了《思想者十八题》。这里先读一段励教授的话：

> 我是做数学研究的，大部分时间是跟电脑打交道，其实我觉得人类生命的机器化已经无孔不入，已经渗透到生命的每一个部分。比如之前我们人与人的交流靠书信，你写一封信需要心灵的参与，你的情感流露在纸上，是你自己的感情作品。然后你等待对方的回复，这个等待过程可以产生许多期盼、失望，甚至煎熬。这样的交流，是用生命，用心灵在交流。现在我们全用电邮，速度快了很多，传过去马上就能收到。

但是你收到的是一个完全没有生命力的讯息，一种符号，不是一种情感。

我紧接着说：

你说得好极了。这就是新问题，人的机器化是时代的新问题。艺术的哲学化，头脑化，也是时代的新问题。面对不断颠覆前人的时代症，我们需要的是告别艺术革命……（《思想者十八题》，明报出版社，2007年）

励教授讲的正是一个人被“物化”和人被“异化”的问题。其实我国伟大的哲学家庄子早在两千多年前就已提出心不可为物所役的大命题，这个“物”，不仅是指物体、物件、物质，更是指人身外的各种存在，包括权力、财富、功名等。庄子所处的时代科学技术的发展还十分落后，可就在那时候，他已经预见了科技发展带来的弊端。例如当时发明了一种叫作“桔槔”的机械，可节省提水所花的力气。但庄子看到了问题，他借一位老人之口说：有了机械必会产生“机事”，有“机事”必会产生“机心”。这就是异化。战争中，武器愈来愈精良，作战全凭谋略，但过分追求就变成不择手段。

我有一本书叫作《双典批判》，就是针对《三国演义》和《水浒传》两部经典，进行文化批判。我并不是说这两本书不是好的文学作品，它们很精彩很好看，但是价值观却有问题，我们中国的世道人心全被这两本书败坏了！因为这两本书里充满“机心”。以《三国演义》为例，此书是诡术、权术、心术的大全。其逻辑是愈会伪装，愈有机心，成功率就愈高。庄子很了不起，他发现了历史的悲剧性，机器带来机心。历史在不断发展，物质、财富在不断增加，可是人性却不断恶质化，这就是悲剧。

（三） 文学弥补人格缺陷

第二个理由则是“弥补人格的缺陷”。人生与人格有联系，但也有区别。人格更侧重于讲主体的性格、性情、心灵方向、精神境界等。学校的人文教育，其目标应是塑造卓越的人格，培育全面优秀的人性。这是较高的目标。但我们的课堂至少也可以弥补人格的缺陷，使同学们的人格更健康、更丰富、更完整。也就是说，人格不仅要有“工具理性”的内涵，而且还要有“价值理性”（真、善、美）的内涵。前两个月，我偶然读到《华盛顿日报》网站上的一篇中文文章，当中讲述了科技类学校学习人文的种种理由。文章认为现在搞科学技术的人才身上正在发生一种人格的阙如，它列举出五项：第一，缺少批判性的思维，也就是对现实世界缺少质疑的能力，比如书本上、报纸上写的东西到底对不对，你是否能问出“为什么”来；第二，写不出思路明晰的文章。就是说你有很多思想，可是写不出来，表达不清楚；第三，不懂得转换性思维。也就是不懂得举一反三；第四，不会阅读做人所必须的、最起码的人文经典。文学有经典，历史有经典，哲学也有经典，不论你从事哪一行，这些经典都能帮助你完善自己的人格；第五，对自己专业之外的其他领域缺少好奇心。我现在年纪大了，深知保持一颗好奇心多么重要。自然年龄不断增长，想要保持心理年龄不苍老，就要拥有一颗好奇心。对什么都要感兴趣，比如对文学、电影、哲学、艺术、体育、政治、时事都能关心和好奇。一个人，如果仅仅对“物质”、“技术”有感觉，对“精神”、“心灵”毫无感觉，这是很大的不幸。总之，文学课程可以帮助我们的人格不会被技术、数据、公式所固化与狭窄化。

（四） 文学弥补眼睛缺陷

第三个理由是“弥补眼睛的缺陷”。眼睛不懂得审美，这种眼睛就只能算“肉眼”、“俗眼”。唯有善于审美的眼睛，才算慧眼、天眼、道眼。我们大陆这代人是从马克思的经典里走出来的，很早就知道他的名言：人要有审美的眼睛和音乐的耳朵。一旦有了审美的眼睛和音乐的耳朵，有了艺术和美的感觉，天地万物便都成了欣赏对象，这样不仅会增加很多快乐，还会提高生命质量。蔡元培先生对于中国教育的贡献很大，原来我国教育结构只有三维：“德育”、“智育”和“体育”，他又补充了第四维，那就是“美育”，这就是培养“审美眼睛”的课程。美育不光是学绘画、学唱歌，更重要的是培养一种精神气质，一种境界——非功利的境界。冯友兰先生在《新原人》的哲学专著里把人生分为四大境界。最低的是自然境界，也就是与动物打成一片，尚未开化；第二是功利境界；第三是道德境界；而最后是天地境界，这最后最高的境界，其实就是审美境界。但是真正领悟天地境界并不容易，归根究底，最后一种境界就是一种完全超越功利的，与天地融合为一的境界——这就是美的所在。什么是美呢？古希腊哲学家柏拉图给“美”下了定义，他说“美就是美本身”。这好像没有定义一样，其实他想表达“美”就是“美的理式”，叩问的是美的本质、美的根源。从古到今，关于美的定义很多，而真正颠扑不破的，那就是康德对美的定义。他说“美就是超功利”，美和功利是有矛盾的。《红楼梦》里描述探春十分能干。有一次王熙凤抱恙，就由她和宝玉的嫂嫂李纨及薛宝钗三人主持家政。探春在执政的时候很节省，很精明，她觉得大观园里的荷叶、花卉，晒干后都可以变卖。贾宝玉从来不说长道短，但是看了探春这么做也略有微词，他不能理解“卖钱”这种做法。当然探春这么做有她的道理，她是从家庭利益出发；而宝玉不懂这些，他完全是以审美的眼光看世界，是完全超功利的。而我们讲的审美境界（天地境界）则不仅要超越探春（探春的考虑往往是世俗生活所必须的)，而且要超越自我，即忘我、无我。以后还有一堂课，我要专门讲到“文学的心灵”。什么是“文学的心灵”呢？“文学的心灵”一定是超功利、大慈悲、合天地的心灵。要当好作家，不是只掌握一些艺术技巧就行，还要有大悲悯的心灵，像基督、释迦牟尼一样，才能写好大文章。“大悲悯”是什么意思呢？就是对好人悲悯，对坏人也悲悯。比如我们看到一个杀人犯被审判，他是世俗意义上的“坏人”，可是他可能是太贫穷了，这种“坏”也许是社会造成的。因此，我们对他要有悲悯。这就是文学，它的境界比道德境界更高。

第二讲 什么是文学

文学是多种精神价值创造形态中最自由的形态。

文学是自由心灵的审美存在形式。

每一个大作家大诗人，都一定会有对文学独特的理解，也就是都会有自己对于文学的定义。何况，文学还在不断更新，不断打破已有的理念与写法，所以要给“文学”一个确切的、公认的定义，几乎不可能。

今天要讲的是“何为文学”，即“什么是文学”，也可以说是“文学的定义”。

一进入“什么是文学”的问题，我们就会想起荷马、莎士比亚、托尔斯泰、曹雪芹等文学丰碑，就会明白莎士比亚、曹雪芹等不同于牛顿、爱因斯坦，因为前者诉诸感性，后者诉诸理性。但是，更深入踏进文学殿堂之后，又会发觉，理性也沉淀在文学之中，“感性”二字并不能概括文学的全部。

进入“何为文学”的问题，我们还会想起但丁、拜伦、苏东坡、普希金、艾略特等大诗人，并会自然地和亚历山大大帝、恺撒、成吉思汗等政治家们相比，会觉得文学比政治更久远、更永恒，更无时间的边界与空间的边界。王国维说，一百个政治家也不如一个文学家，从大历史的眼光看，这一判断并非夸张。文学确实大于政治，确实比政治更丰富。因为它不仅超越现实功利，而且可以超越时代，超越生死。（这一点以后再细讲）。

（一） 何为文学：从高行健莫言说起

2013 年 11 月，我在学校里做了一场题为“高行健莫言比较论”的演讲。高行健与莫言是出现在当代中国的天才作家，我们在座的同学或多或少都读过他们的作品。今天，我讲“什么是文学”，先讲讲他们。这样比较切实，比较好理解。

莫言在定义文学时，讲出一句惊世骇俗的话，说文学就是“在上帝的金杯里撒尿”。这句话从表面上看比较“野”，但它却包含着文学最核心的本质，那就是“自由”。文学是多种精神价值创造形态中最自由的形态。人在社会现实中，实际上只有困境，没有自由。人需要文学，正是希望在缺少自由的生存环境中赢得自由的瞬间。现实中缺少爱情，缺少温馨，缺少理解，缺少向往，而把所有这些在现实中“缺席”的“不在场”的一切，展示于语言文字，展示于人们可以看得见、可以感受得到的形象、意象、情景、歌哭，即把缺席者变成在场者，这就是文学。换句话说，因为生命不圆满，生存有缺陷（烦恼、畏惧、苦恼、失落感因此而生），所以就追求生命生存之外更高的存在。那个更高更圆满的存在，就是文学。为了表达这一存在，它充分想象，充分诉说，于是，它便打破现实世界中的一切框框、戒律，撕毁各种教条，包括政治学、伦理学、宗教学的教条，这就像是在上帝的金杯里撒尿。

每一个大作家大诗人，都一定会有对文学独特的理解，也都会有自己对于文学的定义。何况，文学还在不断更新，不断打破已有的理念与写法，所以要给“文学”一个确切、公认的定义，几乎不可能。例如，在 20 世纪 80 年代之前，我们在定义小说时，一定会说小说乃是虚构性的、拥有人物与故事情节的文学形式。然而，高行健的《灵山》却偏偏没有人物与故事情节，它以人称代替人物，以心理节奏代替故事情节，这就完全打破了以往辞书对小说的定义，因此，我们就会提问，小说最后的边界，即最后的艺术规范是什么？这就要重新定义小说。尽管《灵山》打破了小说的许多边界，但《灵山》还是在“讲述”，在叙述，《灵山》里还流动着情感，等等。高行健的《灵山》被公认为杰出的文学作品，但《灵山》并不仅有情感，它还有思想；不仅有艺术，还有文化；不仅有当下，还有历史；不仅有意识，还有“潜意识”；不仅有已知的现象，还有未知的神秘。全书充满着对于“灵山”的叩问，而灵山是什么？“灵”为何物？它与西方所说的“灵魂”以及中国所说的“心”有何异同？如果把“灵山”当作文学的一种象征符号，那么，我们该怎么定义文学？过去我们讲述文学性，总是强调它的形象性与情感性，而《灵山》的形象性与情感性并不明显，它给予我们最深刻的印象倒是启迪性、启示性。正如高行健的水墨画，完全是一种启示性美术。《灵山》出现之后，我常想到的是，文学固然注重情感，但也不可忽略认知。也就是说，文学包含着对人性、对世界、对人类生存条件深刻的认知，只是认知的方式与哲学、历史学、政治学的方式完全不同。因此，要讲清“什么是文学”并不是一件容易的事。以往大陆出版的文学讲义和文学理论教材，往往把文学理解得太简单，太多“线性思维”。有些定义，虽然道破一部分真理，但仍过于简单。例如说“文学就是人学”，无可否认，文学在很大程度上“写人”，是展示人与人性的艺术，这一定义虽好，但辐射面太宽泛，过于笼统。我们科技大学有一门学科叫作“生命科学”，还有一门叫作“人类学”，这都是“人学”，所以不能简单地说“文学就是人学”。我们还常听说“文学就是语言的艺术”，这也很对，因为语言确实是文学的基本工具和基本材料。这一定义可以区别“线条的艺术”、“彩色的艺术”，等等。可是我们也可以提出质疑，比如在美国经常看到听到的脱口秀、演讲、辩论等，这些不能不说也是语言的艺术，但它不是文学。再如“相声”在中国很盛行，语言也很精彩，但称它为“曲艺”更为合适。

（二）中国传统文学定义的局限

在中国，对我产生过影响的文学定义大致有这样几种：首先认为文学是“言志”形式，即所谓“诗言志”。与此相对应，有人则认为文学是“载道”形式，也就是“文以载道”。周作人在《中国新文学的源流》中说，中国文学的发展历程，大致是“载道”与“言志”这两种理念此起彼伏的过程。五四新文学运动对韩愈的“文以载道”进行批判。周作人这篇文章写在五四之后，比较客观，他认为五四运动批评“文以载道”是为了“言志”。言志就是表现自我，这种观念在明末就出现了，那时候讲的“真性情”，其实就是言志。中国古代文学除了“言志”与“载道”这两条线之外，还有“缘情”一线，不知道周作人为什么只讲“二”不讲“三”？

说“文学可以言志”，把文学视为“志”的存在形式，这是一种精彩的定义。它道破了一大部分的文学真理，但也有其局限。因为文学除了可以言志，还可以认知世界，认知人性，认知人的生存条件。它除了可以有“志”的心理内涵，还可以有自然内涵、社会内涵、历史内涵和其他精神内涵。所以认为文学只是言志形式，也不够全面。诗的重要功能是“言志”，但诗也可以回应时代，也可以表达对宇宙、历史、社会、人生的审美判断。但丁的《神曲》、歌德的《浮士德》、艾略特的《荒原》，都不仅是“言志”，这些诗歌经典都蕴含对社会与对时代的大思考。把文学视为“载道”的形式也是片面的。文学可以有“道”的内涵，但不可以把文学视为“道”的载体。何况韩愈的道，并不是《道德经》中的道（哲学形而上之道），而是儒统道统，“文以载道”实际上是把文学视为儒家理念的注脚，这当然有问题。即使这个“道”是哲学意义的“道”，也不行。文学作品可以有哲学高度与哲学意蕴，但它却不是哲学的演绎。五四批判韩愈的“文以载道”，是批判韩愈把文学视为道德理念的转达形式，反对的是道德说教。文学可以蕴含哲学思想，但应把哲学化为盐，溶化水中，只可品味，不可直接显现。把文学当作除恶扬善的工具，当作道德教科书，那样文学就不成文学了。中国文学在这方面犯过许多的错误。说“文以载道”片面，并不等于说文学不能有思想，恰恰相反，文学应当有思想，而且可以有大思考。但思想不是说教，而是融入文学作品中的血液与灵魂。韩愈的“文以载道”把文学过于本质化。在西方的课堂里，最流行的一句话就是“反对本质主义”，什么是“本质化”呢？“本质化”其实就是“简单化”，我们也可以说韩愈的“文以载道”把文学简单化了，把文学变成一种伦理工具和道德教材。文学恰恰不能设置道德法庭和政治法庭，不可以对文学作政治是否正确的判断，也不可以作善恶分明的道德审判，它只能作审美判断。

除了“言志”、“载道”，还有一种著名的文学定义，这是曹丕提出的，直到现在还被很多人所接受。曹丕认为文学是“经国之大业，不朽之盛事”，这个大命题长期影响中国。它似乎提高了文学的地位，但只着眼于功利性，尤其是国家功利。这就把文学的基本性质搞错了，文学恰恰是超功利的，包括超“经国”功利。曹丕把文学抬得很高，实际上是贬低文学，把文学变成政治工具和宫廷点缀品。曹丕的说法后来越加膨胀，膨胀到最后就变成近代梁启超所说的“没有新小说就没有新国家、新国民、新社会”，把文学看成历史的杠杆和改造社会的伟大工具。如此夸大文学的功能，其实是一种乌托邦，一种美好的神话而已。以为文学可以改造世界、可以改变社会，完全是一种妄念。

还有一种文学定义在30年代影响很大，认为文学是“苦闷的象征”。其出处是鲁迅所翻译的日本评论家厨川白村的《苦闷的象征》，认为文学是人间痛苦的表现形式。这个定义覆盖面非常大，也为我阐释鲁迅时所用。我认为，鲁迅的作品就是“整个近代中华民族苦闷的总象征”。不论他的小说还是杂文，都在阐释我们中国人如何变成阿Q，变成闰土，变成祥林嫂，等等。这都是全民族的大苦闷。但是，文学除了苦闷，还有快乐至乐。嬉笑怒骂、悲欢歌哭、幽默冷嘲、荒诞怪诞、优美壮丽，都可以成为文学。文学还可以清醒地认识社会，见证人性，因此这个定义也有其局限。此外，还有一个大文学定义，这就是弗洛伊德所说的，文学是“性压抑”的表现，这种说法也不是绝对真理。我国产生的许多伟大诗文与杰出诗篇，都不是性压抑，而是良知的压抑。唐代的杜甫、宋代的苏东坡等，他们的诗词都是良心压抑的表现。这也是我自己写作的体验，在我看来，良知的不自由是最大的痛苦。

不管是上文学课，还是从事文学事业，总得弄清楚什么是文学。文学发生的历史很长，从事文学的人很多，但并不是每位作者都明白“何为文学”。我从阅读文学作品开始，至今也有五十多年，从事写作应当也算是四十年以上。可以说，我每天都在定义文学，但发现要给文学下个定义并不是容易的事。我经历的年代对文学也不断定义，却有两种大误解：一是把文学视为政治意识形态的转达形式；二是把文学视为社会生活的反映形式。

先讲第一种。左翼作家从茅盾开始，后来到丁玲，到四九年后的主流作家，都把文学视为意识形态的转达形式，即政治意识形态的注脚与号筒。《子夜》不是没有文学价值，其价值体现在作品中的生活细节描写。但是整部小说却按照政治意识形态来设计其框架情节。茅盾自己也承认《子夜》的创作，其出发点缘于30年代中国的一场思想大辩论，辩论主题为：中国现存的社会性质是什么？马克思主义派、托派等三派展开论战，最后是马克思主义派认为中国正处于“半封建半殖民地社会”的观念占上风。茅盾受到马克思主义的启发和影响，根据其结论去演绎他的作品，换句话说，整部《子夜》的框架就是马克思主义的转达形式。

还有一个就是我批评过的机械“反映论”，它认为文学是社会生活的反映形式。文学当然可以反映社会生活。法国的左拉甚至认为文学要把生活的自然形态本真地表现出来，开拓了自然主义。左拉其实是社会主义者，在政治上很激进，可是看他作品里的工人形象，个个都很真实。按照社会主义政治原则，作品中的工人应该被塑造成工人阶级的英雄，可是他笔下的工人酗酒闹事，很写实，也很真实。他对人、对生活的描写没有意识形态的包袱，或者说，没有意识形态的遮蔽，我不反对这种写实与反映现实。但我国现当代的反映论变形变质了，变成一种由政治原则所支配的“社会主义现实主义”。这种反映论要求作家有一个所谓“先进的世界观”，然后在“先进的”社会主义原则的指导下创作，这样的作品就不真实甚至反真实了。变质的反映论只能反映出假象。

三 定义文学的尝试

文学很难定义，但作为一个长期从事文学工作的研究者，又不能不进行尝试。于是，我就提出一种理念，认为“文学是自由心灵的审美存在形式”。以后我还要进一步讲述文学的“三要素”，一个是“心灵”，一个是“想象力”，还有一个是“审美形式”。在这个定义里面，我强调三个关键词，首先就是刚才讲过的“自由”。第二是“心灵”。心灵是文学的第一要素。可以说，文学事业就是心灵的事业。我早说过，凡是不能切入心灵世界的文学都不是一流文学。比如《封神演义》，它很好看，可它不算好文学，只能属于不入流的文学，因为它没有切入心灵。这本书无法与《红楼梦》、《西游记》相提并论。想象力固然很丰富，却没有进入心灵的世界。

我强调的第三个关键词是“审美”。我原来想说文学是

"自由心灵的语言存在形式"，但后来想到，文学也是自由情感的存在形式，自由思想的存在形式，不仅是语言的存在形式，所以还是用"审美"更好一些。文学的最高层面应是审美。文学所追求的最高的自由境界，乃是天地人神甜蜜共在的审美境界。这一境界不仅高于功利境界，也高于道德境界。文学正是站在这一境界上，直接领悟生存与存在的意义。但仅仅有心灵，有想象力，还不能成为作家。例如一个得道的高僧，他的心灵很慈悲，也有想象力，有审美境界，但他不会写作，不懂得把慈悲之心和想象力诉诸审美形式，那么，他就仍然未进入文学。我们强调文学只能作审美判断，不能作政治判断与道德判断。所谓审美判断，实际上是指情感判断、人性判断。比如，对于一个"罪犯"，政治家可以说他是"反革命分子"、"右派分子"；道德家可以说他是"恶人"、"坏人"；但作为一个作家，他却站在比政治、道德更高的层面，用悲悯之心去看待这个罪人，用人性的眼睛去审视这个"罪犯"，然后用喜剧、悲剧、荒诞剧等审美形式去把握他描述他。作家超越了政治的是与非，也超越了道德的善与恶，从更高的人性层面来观照世界，这样的文学便具有超时代的永恒价值。

第三讲 什么不是文学

凡是把自由情感、自由心灵加以驱逐、加以扑灭的行为和作品，都不是文学。

除了说明政治意识形态与文学的分野之外，我还要论述科学、哲学、史学、新闻等也不是文学。

在第二讲里，我指出文学几乎不可定义，意思是说，每一种定义都只能道破部分而难以穷尽全部的文学真理。在这一讲里，我们将进一步对文学作“反定义”，借此反向方式能让我们靠近文学真理，而非独断文学真理。

（一） 从柏拉图与曹雪芹的理想国谈起

讲述什么是文学，什么不是文学，题目好像很大，但还是可以厘清一些最根本的界线。例如，在我的脑海里，一直存在着两个“理想国”，一个是柏拉图理想国；一个是曹雪芹理想国。前者产生于古希腊，后者产生于迈向近代的古中国。后者指的是《红楼梦》中的诗社，即贾宝玉和他的女性伙伴所创立的诗社。贾家一府两治，这诗社是专制王国里的自由诗人合众国，也可以说是“黑暗王国里的一线光明”。贾宝玉一进入这个合众国就满心欢喜，即使在赛诗中被评为“压尾”（最后一名）也拍手叫好，非常高兴。很明显，这个诗社诗国，也正是曹雪芹的理想国。这个理想国以诗人为主体，不谋求任何功利，没有任何外在目的，为写诗而写诗，为情感而情感，所言所行全是纯粹的精神活动，这就是文学。《红楼梦》里超功利、超目的、超世俗动机的理想国，就是文学的图腾。而柏拉图所设想的“理想国”，则以“哲学王”为主体。所谓哲学王，便是理念的化身。哲学王统治的国度，要驱赶两种人，一种是诗人，一种是（戏）剧人。柏拉图指控这两种人不仅没有“用”，而且还会危害社会道德。我和林岗合著的《罪与文学》（香港牛津大学出版社）有一节题为《柏拉图对文学的指控》，当中讲述柏拉图本人其实深谙文学，他知道文学最大的特征就是无“用”，即超功利。他不能容忍超功利的文学进入以“功利理性”为轴心的“理想国”。也就是说，这个“理想国”乃是非诗非戏剧的实用理性王国。因此，我们可以判断，柏拉图的理想国，无论是哲学表述还是政治表述，都不是文学。

《红楼梦》中父（贾政）与子（宝玉）的冲突，钗（薛宝钗）与黛（林黛玉）的冲突，也涉及这两种理想国的冲突内涵。贾政一直不承认贾宝玉是个“读书人”，因为他认定儒家经典等可以进入科举考试范围的书才是书，而诗词歌赋之类的杂书不算书，《西厢记》这种戏剧作品也不算书。薛宝钗也恳切地“教道”林黛玉，说读书要读正经书，“最怕见了些杂书，移了性情，就不可救了”。（第四十二回）贾政、薛宝钗的理想国，也是要驱逐戏剧和诗词。贾政也深知文学对贾府的兴旺不仅无用，而且有害。但薛宝钗形象比较丰富复杂，她有真性情的一面，所以也参与诗社的活动。由此我们可以得出结论，贾政与薛宝钗的理念不是文学，而是非常功利的柏拉图式的家族政治。

贾政毕竟未能深知文学，他不知道，文学其实是大于政治的。文学远居政治之上。文学根本不考虑家国兴亡这些功利事业。薛宝钗比他聪明一点，她看到文学不仅没有用，而且还会有“负作用”，这就是会移人性情。宝钗倒是很有见地。文学真的会“潜移默化”，会陶冶性情。或给人欢乐、安慰，或给人以提醒、警示、范导。可惜宝钗只看到文学会把贾宝玉引向“邪路”（不谋功名）的一面。

薛宝钗与林黛玉都会写诗，但林黛玉写得比薛宝钗好。林黛玉是大观园里的首席诗人。她们俩都是悲剧人物，但薛宝钗实际上更可怜。因为林黛玉尚可用眼泪宣泄情感，而薛宝钗却用“冷香丸”压制、扑灭情感。因此，我们可以说林黛玉是文学，薛宝钗不是文学。凡是把自由情感、自由心灵加以驱逐、加以扑灭的行为和作品，都不是文学。

（二） 政治意识形态与文学的分野

我一再说，政治不是文学，作家只可以关怀政治但不可以参与政治。所有的政治，包括民主政治，都不能改变政治的基本性质，这就是权力的角逐和利益的平衡。政治是最功利的事业，而文学则是超功利的事业。家族政治使薛宝钗扑灭情感而异化，国家政治则会扑灭政客的人性而把他们变成纯粹的国家机器。但政治生活确实是社会生活的一部分，文学也可以反映这一部分的生活。然而，作家在反映这一部分生活时，应当站在政治之外，即以政治的"槛外人"、"局外人"身份去审视其得失，或者根本不作审视，只作呈现与见证。倘若介入政治，并对政治生活作出党派性质的判断，就会把文学变成政治的注脚，而政治注脚只是政治而非文学。例如郭沫若，他原是"五四"时期的杰出诗人，他的《女神》是杰出的诗，但他在60年代所写的一百首颂花诗，则是给"百花齐放"的政策作注，其政治寓意非常明显。因此，我们完全可以判断，这一百首花颂乃是"非诗"，即不是文学。文学批评若以政治标准为第一标准，文学就会丧失其本性。

政治不仅不是文学，还会把文学变成"不是文学"。意识形态也是如此，意识形态不仅不是文学，而且会把文学变成非文学，把诗变成非诗。我和林岗在《罪与文学》中批评梁启超的《新中国未来记》。我们敬重梁启超，但认为他的这篇政治小说只是政治意识形态，即他关于社会的总体观念，而不是文学。所谓意识形态，就是与某种“经济基础”相适应的，属于“上层建筑”范畴的世界观、社会观、历史观、人生观等，因此，意识形态乃是指涉某种社会功利需求的理念与观念。而文学面对的是人性与人的生存环境，不应当允许意识形态的介入，即不应当把文学变成意识形态的形象转达形式。文学一旦变成这种转达形式，就会沦落成意识形态的号筒。有人觉得把文学视为社会意识形态实在不妥，便加以修正，说文学乃是一种审美意识形态。这也不对。审美就是审美，意识形态就是意识形态。审美超功利，包括超越带有强烈功利性质的意识形态。两者不可相容。就像贾宝玉出家之后，皇上赐给他一个“文妙真人”的封号，就完全不通。“真人”一词代表庄子的人格理想，它的特点恰恰是扬弃世俗的各种负累，不着世俗的任何“相”。也就是说，既为真人，便不文妙；既是文妙，便非真人。同样的，“审美意识形态”也包含了两个难以相容的概念：审美没有功利性，也没有倾向性，一旦有了倾向性，就变成意识形态；而意识形态如果没有政治倾向和其他利益倾向，也就不成其意识形态。因此，我们可以确认，“审美意识形态”理念，也不是文学。

㊂ 意识、潜意识、意识形态

说到这里，我们必须厘清“意识”与“意识形态”这两个概念。文学里有意识，例如忧患意识、悲悯意识、普世意识、民族意识、家庭意识、自我意识等，但这种种意识不是世界观，而是思想状态与心灵状态，也可以说是作家的文化心理。而文学的内涵除了意识部分，还有更为广阔的潜意识部分。这部分乃是人的本能，也可以称为“无意识”或“下意识”。20世纪的伟大心理学家弗洛伊德发现了人的潜意识，用心理学的巨大成果推动了文学创作理念的转变。他提醒作家，潜意识部分比意识部分大得多，意识部分就好像海洋中冰山的尖顶，而隐藏在下面的大部分是我们看不到的潜意识。这个发现给文学创作以巨大的启迪，使作家们大大开拓了眼界。原来我们创作文学作品，只注意到很小的一部分，即理性的部分、意识的部分，而几乎不关注潜意识（如“性压抑”）这一最广阔的部分。弗洛伊德认为人的心理世界由三大部分组成，即“本我”、“自我”和“超我”。“本我”完全是潜意识，即本能和欲望：“自我”则有一点理性控制了；“超我”是更理想的“自我”。高行健的《灵山》，用人称（“你”、“我”、“他”）来代替人物，这是主体三坐标。“他”就是一个“超我”，高行健用“超我”观照、评论“自我”和“本我”。小说中的“你”、“我”、“他”与“本我”、“自我”、“超我”有什么区别？弗洛伊德所讲的“本我”、“自我”、“超我”，是静态的三个主体；而高行健的内在三主体“你”、“我”、“他”则完全是动态的。它们不断地互动，角色不断地转变，语境也不断地调换，这就形成了复杂的语际关系。我给高行健的文学理念以很高的评价，尤其欣赏他所提出的“没有主义”。“没有主义”包括两层意思，首先是主张超越一切“主义”，对泛滥于20世纪的各种意识形态全部搁置；因此，“没有主义”标志着意识形态左右文学的时代的终结。第二个含义是主张在文学创作中不预设任何“主义”的前提，即不预设任何政治意识形态的框架。不管是泛马克思主义意识形态的框架，还是自由主义意识形态的框架。摒弃主义之后才能进入人性的真实，回归文学的初衷。人类最初为什么需要文学呢？初始时并无外在目的，只是出于个人的心灵需要、生命需要，有感而发，不吐不快。有感而发，不设前提，并非为了革命，也并非为了改造国民性等，完全是为了进入更真实、更自由的状态。

除了说明政治意识形态与文学的分野之外，我还要论述科学、哲学、史学、新闻等也不是文学。

㈣ 文学与科学的区分

说科学不是文学，也就是要弄清楚科学与文学的区别是什么。在座的同学们也许已经知道，文学与科学全然不同。文学充满情感，科学却扬弃情感；文学没有逻辑，科学却充满逻辑；文学把自然人性化，即把无情变成有情，而科学却把人性自然化（客体化），即把有情变成无情等。2012 年，我到澳门参观人体解剖展览，看到人的心脏和各种内脏，包括骨骼与筋脉，那是科学展览；而文学却展示看不见的心灵和各种心理活动与情感体系。在参观之后，我体悟到：心脏不是文学，心灵才是文学；骨骼不是文学，风骨才是文学；胆汁不是文学，胆气才是文学。这是感性认识，如果进一步理性地说明，那么可以说，科学属于人类知识系统，而文学属于价值系统。知识当然宝贵，但知识不是文学。“文明”与“文化”，这两个概念大不相同，文明标志着人类发展阶段，更倾向于物质层面。科学通过工具理性，走向文明；文化则更多地体现精神内在性，是价值理性的表现，而价值理性恰恰是文学所追求的。现在的世界正在向工具理性倾斜，忽略价值理性（真、善、美），鲁迅先生在 1907 年发表《文化偏至论》，当时他已指出世界偏斜了，偏向物质。百年后的今日，这个问题依然存在。人类社会有两种真理：一种是实在性真理，另一种是启迪性真理。科学追求实在性真理，而文学和宗教则追求启迪性真理。俄罗斯思想家舍斯托夫的最后一本著作叫《雅典与耶路撒冷》，雅典象征实在性真理，它仰仗逻辑、分析与推理；耶路撒冷则象征启迪性真理，依靠直觉、灵性与悟性。我研究《红楼梦》就是运用直觉的方式，依靠悟性，用“悟证”来代替“论证”，这样就可创造出一套新的语言和方法。文学与科学另一个区别是对象的不同；科学重在物理世界，而文学则重在心理世界。科学是一种客观化的过程，把所有东西都作为“物”来研究；而文学则是主观化的运作，把万事万物内化成心灵的世界。高行健的代表作是《灵山》，文学走向“灵山”、“灵水”，科学则走向“高山”、“大海”。所以科学不是文学。

（五） 哲学、史学、新闻与文学之别

哲学也不是文学，文学之核是“情”，哲学之核则是“理”。哲学不可以介入情感，它不可以落泪、哭泣、高歌、幽默、夸张与想象，所以哲学不是文学。但无可否认，文学又与哲学有着千丝万缕的联系。作为研究文学的学者，“文、史、哲”三方面都要打通，因为文学代表人文的广度，历史代表人文的深度，哲学代表人文的高度。首先应肯定，哲学的高度有助于我们认知世界、认知人性。我用王阳明的心学来观照《红楼梦》，正是为了从哲学的高度来剖析、把握贾宝玉这颗心灵的丰富内涵。但文学绝对不可等同于哲学，后者由更纯粹的思辨和理性所支撑，文学虽然也蕴含思想，但这种思想诉诸形象与情感。比如贝克特的《等待果陀》，它虽内含对荒诞世界的思辨，但完全诉诸形象，与哲学意义上的纯粹思辨完全不同。

文学与历史也不同。我们看到的历史一般都是权力书写的历史，也就是体现皇帝意志的历史；文学也有历史，那是作家感受到的心灵真实，它颠覆的正是权力书写的历史。《红楼梦》就提供了这样一种历史，给我们展示清代最真实的生活；

再比如莫言的《丰乳肥臀》，也完全是作家所感受的历史。权力书写的历史是善变的，“一朝天子一朝臣”，各有一种历史版本。《灵山》批评权力书写的历史是“鬼打墙”，意思是说皇帝“爱怎么说就怎么说”，总是“常有理”。文学的境界并非历史境界，王国维在谈《红楼梦》的时候就很精彩地道破了这一点，他说中国文学有两大境界：一个是《桃花扇》境界，一个是《红楼梦》境界；前者属于历史，后者则超越历史，属于宇宙。

最后谈一谈文学与新闻的区别。记者撰写新闻，一定要完全符合事实，有根有据，绝不可以虚构想象；而文学在描写任何事物或事件的时候，都能赋予心灵的补充、过滤与提升；换言之，新闻强调“实”，而文学强调“真”。新闻不允许情绪的介入，也不可以有想象力的介入。甚至不可以有作者道德义愤的介入。另外，新闻讲究“时效”，而文学则不赶时效，也不赶“时代”，它追求永恒。所以新闻不是文学。

第四讲

真实：文学的第一天性

文学天生真实，它以真实立足，以真实打动人，以真实获得价值起点，以真实获得境界。在文学领域里，有真才有美，有真才有善。

真实，人性的真实，人类生存条件的真实，这才是文学的第一天性，才是文学创作的出发点。

前两讲我们讨论了“什么是文学”与“什么不是文学”，现在开始讲文学的基本性质，即文学的本性。文学的本性是什么呢？这个问题众说纷纭，而我认为，最根本的只有两点，一是它的真实性；二是它的超越性。这是本性，也是天性。它天生如此，离开这天性就生长不好。

（一） 真实性：文学的第一天性

今天先讲真实性，我称为“文学的第一天性”。文学天生真实，它以真实立足，以真实打动人，以真实获得价值起点，以真实获得境界。文学最怕面具、谎言、矫情，也最怕瞒和骗。鲁迅在《纪念刘和珍君》中说“真的猛士，敢于直面惨淡的人生，敢于正视淋漓的鲜血”，这句话或可视为他的自况，即作家写作要真实、真诚。巴金晚年呼吁“说真话”，表面上看，是在拯救民族的品格；从深层上看，是在拯救文学的颓败。当文学走上“假”、“大”、“空”，它就濒临灭亡了。中国当代文学的前三十年，把英雄人物都塑造成“高大全”，这就使英雄人物全都戴上面具，变成“假人”，这种作品只能骗人，不能动人，所以这个时期的文学就失败了。

（二） 人性与人类生存条件的真实

文学的对象是人性和人的生存条件。因此，文学的真实性最重要的是见证与呈现人性的真实性和生存条件的真实性。过去常听到“生存困境”，其实，生存就是困境。因此，伟大的作品总是深刻展示人性的复杂性与人生的巨大困境。

2000 年前后，世界上许多重要报刊都在评选过去一百年最优秀的作家与作品。我也应邀参加过《亚洲周刊》“小说一百强”的评选。当时我想，倘若不是评选一百年而是一千年，倘若不仅评选中国而且评选全世界，也就是评选世界一千年来最伟大的作家，那么，我将把这一票投给西方的莎士比亚和东方的曹雪芹。我选择的第一价值标准就是这两位伟大作家都无与伦比地揭示了人性的丰富、复杂，和拥有对人类生存环境最深刻的认知。他们笔下的人物，其性情性格，全都具有多重暗示，绝无本质化（即简单化）现象。人物所处的环境，也都是复杂的多重冲突，父与子、母与子、丈夫与妻子、兄弟与姐妹、恋人与恋人，等等，他们在生存历程中所产生的自然悲剧（生老病死）、人为悲剧（人际关系所造成的冲突）、个体悲剧（灵与肉、情与欲、义与利、理与情等），相互交织，把人性的各个层面，展示得极为真实动人。

(三) 作家主体写作态度的真诚

文学的真实性除了表现为展示于作品中的人性真实与环境真实之外，还特别表现在作家主体写作态度的真诚。不欺骗读者，这对于作家来说，不仅是创作的思路，而且是创作的道德。从这个意义上说，真就是善。关于这一点，高行健在接受诺贝尔文学奖的演讲词（《文学的理由》）中说得最为透彻。他说：

> 作家把握真实的洞察力决定作品品格的高低，这是文字游戏和写作技巧无法替代的。诚然，何谓真实也众说纷纭，而触及真实的方法也因人而异，但作家对人生的众生相是粉饰还是直陈无遗，却一眼便可看出。把真实与否变成对词义的思辨，不过是某种意识

形态下的某种文学批评的事，这一类的原则和教条同文学创作并没有多大关系。

对作家来说，面对真实与否，不仅仅是个创作方法的问题，同写作的态度也密切相关。笔下是否真实同时也意味下笔是否真诚，在这里，真实不仅仅是文学的价值判断，也同时具有伦理的含义。作家并不承担道德教化的使命，既将大千世界各色人等悉尽展示，同时也将自我坦裎无遗，连人内心的隐秘也如是呈现，真实之于文学，对作家来说，几乎等同于伦理，而且是文学至高无上的伦理。

高行健不仅把“真实”视为文学价值判断，而且把“真实”视为文学的最高伦理。也就是说，在文学领域里，有真才有美，有真才有善。所谓最高伦理，即最高的善。但高行健又特别指出，他所说的真实，不是现实表层的真实，而是现实底蕴的真实，即人性深层的真实（参见《文学的理由》）。

（四） 张爱玲与沈从文：残酷写实与温厚写实

古往今来，一切不朽的经典，其生命力的密码就在这里。远的先不说，只要看看中国现代白话小说的经典就会明白这一点。以前大陆所编写的现代文学史，把张爱玲与沈从文这两位卓越的作家“活埋”了；后来，美国哥伦比亚大学夏志清教授在《中国现代小说史》中，对他们两位重新给予高度评价，让张爱玲与沈从文重见天光。这两位作家获得成功的关键正是写出了人性的真实。张爱玲的写实是残酷的人性写实。《金锁记》里的曹七巧，为了生存，不惜用鸦片与谎言垄断和毁灭亲生儿子，人性多么复杂。而《倾城之恋》中的白流苏与范柳原，他们的“恋爱”充满世故与心机，直到死神降临，才有一点真情流露，这种人性又是多么逼真。而沈从文，更是宣称自己的作品只希望建造“希腊小庙”，庙里所供奉的只是“人性”（参见1936年沈从文为上海良友公司出版的《沈从文习作选集》所作的代序）。如果说张爱玲是对于人性的残酷写实，沈从文则是对于人性的温厚写实。他以温厚、同情的笔触写出湘西城乡之间的那些具有乡土气息的人情与人性，凝聚成《柏子》《丈夫》《萧萧》《边城》《一个女人》等不朽作品。在这些作品中，我们看到湘西边地活生生的自然情欲，正如他所言：“由于边地风俗淳朴，便是作妓女，也永远那么浑厚，遇不相熟的人，做生意时得先交钱，再关门撒野。人既相熟后，钱便在可有可无之间了。妓女多靠四川商人维持生活，但恩情所结，则多在水手方面。”又言：“这些关于一个女人身体上的交易，由于民情的淳朴，身当其事的不觉得如何下流可耻，旁观者也就从不用读书人的观念，加以指摘与轻视。这些人既重义轻利，又能守信自约，即便是娼妓，也常常较之讲道德知羞耻的城市中人还更可信任。”（《边城》）沈从文的成功，关键是真实地描写“人性”，包括妓女人性中的多面性，不作“下流无耻”的道德判断，也不以政治色彩作判断，所以他的作品今天读起来还很新鲜很有味（包括人情味、乡土味等）。1948 年郭沫若在著名的《斥反动文艺》一文中，设置可怕的政治法庭与道德法庭，把沈从文列入“桃红色”的反动文学，犯了用政治性替代人性的错误判断，打击了一个最了解文学本性的现代伟大作家。这一错误，也造成了六七十年来对文学真实性认知的许多偏差。

五　形象性与情感性在文学的位置

中外皆有一些文学论者意识到定义文学的困难，于是就把“什么是文学”的问题转换成“什么是文学性”的问题，也就是叩问文学的基本性质是什么？今天，我们不妨把这一思路“拿来”，进一步阐述“文学的第一天性”。

关于这个问题，中国的文学教科书和诸多文学概论读本已作出了许多回答。有的说，文学的第一天性是它的形象性。文学与科学、哲学、伦理学等不同，它总是诉诸形象，这一回答似乎没有错。但追问下去，又可提问：雕塑不是形象性吗？再扩大下去，又可问：建筑不是最富有形象性吗？即使在公认的文学范围里，有些诗歌散文确有形象性，但有一大部分则无形象性，如抒情诗，它就只有情感性而没有形象性。因为“形象性”辐射范围有限，所以有些理论家就判断文学的第一天性乃是情感性，这一判断显然更接近文学本性，辐射的范围更大。然而，情虽根本，却非唯一，何况，情感有真有假，最重要的是真情感、真性情、真内心，而这正是真实人性的一部分，所以归根结蒂，文学的第一天性是真实性。

（六） 人性深处的多种可能性

人性原是指人类的自然本性。古希腊流行的文艺信条说“艺术摹仿自然”，这个“自然”主要就指“人性”（朱光潜先生的见解）。但是，这个定义容易误解为人性是指人的“动物性”，所以后来又有美学家李泽厚强调“自然的人化”，即自然的理性化与社会化，重心是社会性。于是，人性便成了动物性与社会性的组合。无论如何，随着时间的推移，人性的确愈来愈丰富，愈来愈复杂。而文学面对的便是这种愈来愈复杂的人性。高行健指出，真实不是现实表层的真实而是现实底蕴的真实，这就纠正了一种普遍的误解，以为真实是现实的表象，生活的故事，忘记了真实的根本是人性深处的各种可能性（包括各种“恶”的可能性）。以《红楼梦》为例，这部伟大小说的真实，不在于写出喝茶的真实，吃螃蟹的真实，赛诗、斗草的真实，而在于写出贾宝玉、林黛玉、薛宝钗、贾政、王熙凤等一个个人物及其人性的真实。那么多人物，没有一个是绝对的好，也没有一个是绝对的坏，其性格都带有多重暗示。而莎士比亚的《哈姆雷特》主人公，性格表层徘徊彷徨，其人性深处则是极为复杂的多方冲突。哈姆雷特是丹麦国王和卡特鲁特王后之子。王妃在哈姆雷特之父（原国王）死后，又嫁给王弟（哈姆雷特的叔叔）克劳迪斯。原国王的幽灵告知哈姆雷特，说明其叔叔乃是诱其母杀其父的凶手。这就使哈姆雷特陷入人性的困局。如果要为父亲报仇，肯定会伤害自己的母亲；如果不报仇则枉为人子，也无从重整乾坤。在此主要情节之外，哈姆雷特对待恋人俄菲利亚也充满矛盾，为了逃避叔父的目光，他不得不装疯，既要装疯，就要对深爱的恋人故作无情。而俄菲利亚的父亲是现任国王（哈之叔）的臣子，他在窃听中被哈姆雷特所杀，这又多了一重爱恨交织。《哈姆雷特》诞生之后，让人读后说不尽，就因为它呈现了人性的多面、复杂，其人性世界丰富至极也真实至极，千百年后肯定还是说不尽。莎士比亚创作的另一个大悲剧《麦克白》，同样也韵味无穷。而让人品尝不尽的，不是麦克白谋杀国王的那些细节，而是这个大凶手、大野心家复杂的人性。他不是一个杀了国王得到王冠就庆祝胜利的简单刽子手，故事也不是一个实现阴谋就高枕无忧的简单故事。莎士比亚在写出事件的真实之后，又写出人性的真实，这才是真的高明。麦克白在刺杀国王之后，也刺杀了自己的睡眠，他心绪翻滚起伏不能成眠，夜里听到敲门声，他震惊而自白道：

> 那打门的声音是从什么地方来的？究竟是怎么一回事？一点点的声音都会吓得我心惊肉跳？这是什么手！嘿！它们要挖出我的眼睛。大洋里所有的水，能够洗净我手上的血迹吗？不，恐怕我这一手的血，倒要把一碧无垠的海水染成一片殷红呢。

这是世界文学史上最著名最精彩的“独白”之一。这是人性深处的声音，这是人性真实的声音。把这种声音写得愈逼真，就愈富有文学性。

㈦ 抵达人性真实的障碍

但是，抵达深刻的真实并不是容易的事。各种文学思潮、文学新尝试，都是为了抵达现实的底蕴和人性的底蕴。现实主义曾经抵达从未有过的深度，但自然主义仍然不满足，所以它又作了新的实验。后来的浪漫主义、荒诞主义等思潮，其实也是为了抵达人性更深层面而作的努力。

抵达人性的真实，有种种障碍。上世纪五六十年代批判“人性论”，把“人性”变成禁区，这自然就无法进入文学的真实。这之前，30 年代批判梁实秋的“人性论”，也造成了进入人性真实的障碍。我崇尚鲁迅，把他作为偶像，但他把阶级性与人性对立起来，过分强调文学的阶级性，这也影响文学进入人性底层。其实，他早期小说的人物如祥林嫂、阿 Q 等，都不能用阶级性去阐释，他写的恰恰是普遍的人性的真实。

从上世纪下半叶开始，六十多年来，造成中国文学进入现实底蕴与人性底蕴的障碍，最重要的是两种错误的理念：

一是把“主义”当作创作的出发点。有些改造社会的志士，崇尚某种主义，这是可以理解的。但是，文学如果以主义为创作出发点，势必会用主义设计作品框架，把笔下的人物变成主义的傀儡或号筒。这样，就会有意无意地用主义去剪裁人性、整理人性，使人性概念化、公式化而变得不真实。中国当代文学的前期（前三十年）最大的教训，就是以主义为创作前提，结果丧失了文学的本性。

二是把“社会批判”当作创作的出发点。正直的作家总是会有道德义愤，总是对社会现实有所不满（只会讴歌的作家肯定是没有出息的）。但是，文学创作不可以只停留于义愤与不满，不可以只热衷于揭露社会的弊端，因为这样做，势必会让文学停留在社会表层，而不可能进入人性的深层。《红楼梦》与晚清谴责小说的高低就在这里显现出来。晚清谴责小说《官场现形记》、《二十年目睹之怪现状》等，其所以不能算一流文学，就因为它们只揭示社会现实的表象，由于志在暴露，所以不是“溢美”就是“溢恶”。而曹雪芹对社会的黑暗也看得很清楚，对宫廷斗争的内幕肯定也很了解，但他不把《红楼梦》写成政治倾向小说，也不写成社会批判小说，而是全力写出人性的真实与社会的底蕴，因此，《红楼梦》成为我国文学的第一经典极品。它像一盏明灯朗照：真实，人性的真实，人类生存条件的真实，这才是文学的第一天性，才是文学创作的出发点。

第五讲

超越：文学的第二天性

文学的最高境界是超越现实功利、现实道德、现实视角，也超越现实时空的审美境界。这一境界，王国维称之为『宇宙境界』，冯友兰称作『天地境界』，我则称它为『审美境界』。

作家超越了现实主体（世俗角色）而进入艺术主体（本真角色），才具有文学主体性。

文学的最高境界是超越现实功利、现实道德、现实视角，也超越现实时空的审美境界。这一境界，王国维称之为“宇宙境界”，冯友兰称作“天地境界”，我则称它为“审美境界”。

(一) 文学的超越性内涵

上一讲，我们已讨论过真实——文学的第一天性。这一讲，我们将讨论文学的第二天性：超越。

“超越”本是宗教的基本概念，是指跳出经验世界而进入先验世界。我们所讲的超越也是“跳出”的意思。真实讲进入，超越讲跳出，两项加起来便是“入乎其中，出乎其外”。文学创作既要把握现实经验，又要跳出现实经验。

超越现实经验的内容很广泛，它既是指超越整个现实存在即现实世界（有人把文学界定为“梦”，就是超越整个现实存在)，也可以指超越现实表象而进入现实深层。阎连科提出“神实主义”的创作理念，其要义正是说，文学创作必须从“现实”进入“神实”，即是要超越现实表象而逼进现实的底蕴；或者说必须用一种超越的方式去呈现现实，让读者感受到作家笔下的人与世界不是“象”的真实，而是“神”的真实。说文学是最自由的领域，就因为文学具有超越性，它可以超越现实存在的各种束缚、羁绊与局限。政治、经济、新闻等现实活动都要受到现实条件，包括法律的制约，唯有文学不然。它遵循的法是“无法之法”；它可以天马行空，可以鲸鱼跃海。在现实生活中没有打人的自由，泛爱的自由，而在文学中则有书写一切的自由，只是必须用良心审视这些自由。

文学之所以拥有最大的自由，除了作家的心理活动不固守现实世界的规范之外，还有一项最重要的原因，就是文学具有超越现实功利的根本特性。关于这一特性，我们在“什么是文学”与“什么不是文学”这两讲里已做了初步说明，这里须强调的是文学创作可以展示和呈现人类的各种功利活动，但作家的主体态度并不是“卷入”这些功利活动之中，而是超越功利，用自己的眼睛审视这种种活动的得失。

(二) 超越现实主体(世俗角色)

二十八年前，即 1985 年和 1986 年之间，我在理论上尝试超越现实主体，发表了《论文学主体性》。这篇论文的重心，就是讲述创作主体的超越性。我的文章具有较强的历史针对性。这篇文章之前，文学界普遍没有把现实政治与文学创作分开，相应地，也没有把作家的现实身份与进入创作时的艺术身份分开。实际上，每个作家都具有双重角色和双重主体身份：一种是世俗角色即现实主体（例如党员、部长、革命战士等），另一种是本真角色即艺术主体（例如诗人、作家、戏剧家等）。在政治现实层面上，你是党员，当然应当讲党性；可是一旦进入文学创作，则必须讲人性、个性、创造性，也就是说，当进入文学创作时，作家就超越了现实主体，也超越了现实中的党性、纪律性等。我提出这种理念，自然就对流行的"文学党性原则"构成挑战，所以论文发表后引起很大的争论，受到很多批评。我欢迎批评，但政治上纲的批评使我无法继续讲清这个问题的各个层面。倘若给我充分讲述的自由，我至少还得讲述主体性之外的"主体间性"（外在关系）和内部主体间性（内在主体的语际关系），而且还得讲述超越性的其他层面。今天我将简要地讲述超越性的基本内涵。

为了讲清文学的超越性，我把"文学主体性"作为切入点，从作家超越"现实主体"出发。什么是主体性？主体是指人、人类。作为个体的人和作为群体的人类，都是主体。因此，就有"个体主体性"与"人类主体性"之分。我讲的是前者，不涉及人类主体性，与宗教所讲的神主体也完全不同。我的《论文学主体性》受到李泽厚和钱钟书两位学者的影响。

李泽厚侧重讲述人类主体性，即人类的历史实践活动。他把康德的“认识如何可能”这一总问题转变为“人类如何可能”。关于这个问题，西方有两个基本答案，一是“上帝造人”，即上帝使人成为可能（《圣经》的回答）；二是“猴子变人”，即自然进化使人成为可能（达尔文《进化论》的回答）。而李泽厚把马克思与康德结合起来，作出“人使人成为可能——人类自身的主体性历史实践活动使人类成为可能”的回答。人类的审美活动也是在这“自然的人化”历史进程中形成的。我借用这一学说，把文学创造活动视为主体审美实践过程，也是主体摆脱现实羁绊而进入充分自由状态（个性化状态）的过程。这一过程的关键环节是作家“超越”世俗角色。

钱钟书先生对我的影响是他的《谈艺录》与《管锥编》中对“文如其人”这一传统命题的质疑。在钱先生看来，“文”是可以超越“人”的（但他未使用“超越”概念）；也就是说，“文”与“人”（现实人）并不相等。“巨奸能为忧国语，热中人作冰雪文”的现象在文学史上经常发生。例如，隋炀帝是一代昏君，但是笔下“文辞奥博”，大有尧舜之风。李商隐在世俗生活中非常严谨，“实不接于风流”，但他的诗词则涉及“南国妖姬，丛台名妓”。与之相反的则是潘岳，他在世俗中是一个“谄事贾谧”的势利小人，但他所作的《闲居赋》，则是情真意挚的“冰雪之文”。所以钱先生认为，不应当把“作者营生处世之为人”与“作者修词成章之为人”混为一说，而应当把文与人分开，指出：“立意行文与立身行世，通而不同。”钱先生还给我一个根本性的启迪，他说作家其实有两个自我：“随众俯仰之我”和“与我周旋之我”。一个是随波逐流的世俗的自我，一个是居于现实世界之上脱俗的独立思考的自我。钱先生这一见解让我明白：作家可分为两种主体，一是现实主体，即随众俯仰之主体；一是艺术主体，即超越现实主体、超越世俗角色的主体。文学主体性就是要充分展示艺术主体的本真本质属性，即个性、我性、自性等。总之，实现文学主体性，就是实现他人不可重复、他人不可替代的个性，就是超越党派性、大众性、群体性、世俗性而进入审美殿堂。

㈢ 超越现实视角（世俗视角）

作家超越了现实主体（世俗角色）而进入艺术主体（本真角色），才具有文学主体性。而成为艺术主体后最重要的是要调整自己的眼睛（视角），建立艺术视角（也可称作审美视角、文学视角）。关于这一点，借用佛教的“方便法门”，即用佛学的语言来表述，更容易明白。《金刚经》把眼睛分为“天眼”、“佛眼”、“法眼”、“慧眼”、“肉眼”。肉眼便是我们普通人的眼，这是线性的、浅近的、世俗的眼，“反映论”所使用的就是这种眼睛。而作家不能用这种眼睛，他必须使用“天眼”、“佛眼”、“法眼”、“慧眼”等，这些眼睛是立体的、高远的、超越的。用爱因斯坦的话说，这叫作“宇宙极境眼睛”。用宇宙极境眼睛看地球，地球不过是大宇宙中的一粒尘埃，恒河岸边的一粒沙子。佛教传入中国之前，我国伟大的哲学家庄子早就把眼睛分为“道眼”、“物眼”、“功眼”、“差眼”、“俗眼”等，他用道眼看世界万物，才能看清鲲鹏与学鸠的差异，大知与小知的差异，才能形成“齐物”（平等）与“逍遥”（自由）的大思想。我们要成为好作家，就不能仅仅用“肉眼”、“俗眼”看世界，而应当用肉眼之外的其他眼睛去看世界。每一个伟大的作家，都一定有独特的不同凡响的视角。视角一变，新意就出来了。这是作家“原创性”的秘诀之一。俄国著名思想家舍斯托夫在其名著《在约伯的天平上》评论陀思妥耶夫斯基，说陀氏拥有“第二双眼睛”，这其实就是超越的眼睛。这种眼睛和世俗的眼睛完全不同。在世俗的眼里，监狱、“地下室”才是牢狱，但在陀氏的眼里，监狱之外的整个俄罗斯乃是更大的牢狱。王国维在《〈红楼梦〉评论》里讲述林黛玉的悲剧，从世俗视角去看，黛玉的悲剧是几个坏人（“蛇蝎之人”）所造成的，但从超越的视角去看，它却是“共同关系”的结果，包括最爱黛玉的贾母、贾宝玉，也无意中进入共犯结构。王国维正是用这种“天眼”来看待悲剧的。文学是充分个人化的精神活动，所谓超越视角，实际上就是个人视角。好作家要创作出好作品，首先是他们看世界绝不沿用他人的视角，包括党派的视角。我们设想一下，如果荷马撰写希腊史诗《伊里亚特》时用的是世俗视角，那么，他就势必把写作的重心放在“谁是正义谁是非正义”这种现实大问题上，但是荷马却不这么写。这部史诗不持正义与否的判断，它超越了敌我、善恶、正反这类现实中的二元对立，描写战争的双方只为一个美人（海伦）而战，即为尊严、荣誉和美而战。这是荷马用个人独特的眼睛来看这场著名的战争，于是，他写出了充分的个性，也写出了充分的人性。

如果把“战争”这一宏大母题缩小为“革命”，那么，我们又可以看到世俗视角与超越视角中的革命是多么不同。如果用世俗之眼看革命，那就首先要分清敌我，分清谁为革命派谁为反动派；但如果用超越的视角，则不是用政治学、知识学的立场去作这种正反两极的判断，而是用个人的文学立场和人道观念去作审视，例如俄国作家帕斯捷尔纳克的《日瓦戈医生》就是这样。小说描写十月革命，却又超越了十月革命。它不鼓动人们认同并参与那时已处在尾声的革命，也不谴责这场即将成为过去的革命。因为它不是以文学的形式去描绘这场现世革命的轮廓，也不企图揭示这场革命的真相。帕氏知道如果要达到上述目的，历史学、社会学以及政治学远比文学合适。正因为作品站在文学的立场质疑这场拯救现世的革命，所以它从精神上拯救了这场革命。所谓文学立场的质疑，并不是对革命正当性的质疑。文学立场的质疑关乎良知，就像所有现世拯救有它的迷失和偏差一样，20 世纪的“共产主义革命”在良知的审视面前也有它的迷失和偏差：既有“革命”对人与人心的摧毁，也有人心的邪恶和无知在“革命”中泛滥。帕斯捷尔纳克捕捉到了这一切，他对人类事务和人心的洞察，依靠的不是知识学的立场，而是艺术家的良知和心灵体验。小说中有一段写到日瓦戈医生和拉丽莎这对革命时代的“不幸者和弃儿”，各自经历了家庭的破碎和生命的奔波流离，又在距莫斯科万里之外的荒凉小镇上重逢，相爱的两人抱头痛哭。日瓦戈医生不明白为什么在个人命运中会出现这一切变化，拉丽莎讲了一段话，告诉他自己的看法。这段话堪称经典：

> 我这么一个孤陋寡闻的女子，如何向你这么一个聪明的人解释：现在一般人的生活和俄罗斯人的生活发生了哪些变化？很多家庭，包括你我的家庭，为什么支离破碎？唉，看上去好像是因为人们性格相不相投，彼此相不相爱造成的。其实并非如此。所有的生活习俗、人们的家庭与秩序有关的一切，都因整个社会的变动和改组而化为灰烬。整个生活被打乱，遭到破坏，剩下的只是无用的、被剥得一丝不挂的灵魂。对于赤裸裸的灵魂来说，什么都没有变化，因为它不论在什么时代都冷得打颤，只想找一个离它最近跟它一样赤裸裸，一样孤单的灵魂。我和你就像世界上最初的两个人：亚当和夏娃。那时他们没有可以遮身蔽体的东西，现在我们好比在世界末日，也是一丝不挂，无家可归。现在我和你是这几千年来，世界上所

创造的无数伟大事物中最后的两个灵魂。正是为了纪念这些已经消失的奇迹，我们才呼吸，相爱，哭泣，互相搀扶，互相依恋。

拉丽莎这段倾诉非常个人化，她看十月革命，完全是用一个女子的眼睛，这就是超越的眼睛。在世俗的眼里，革命是砸烂旧世界的充满欢乐的盛大节日，可是，她看到的所谓“砸烂旧世界”乃是砸烂他们的日常生活。她和他在革命后到处漂泊，最后这个新世界只剩下他们两个，像亚当与夏娃一样赤裸裸相拥的灵魂。帕斯捷尔纳克并没有让自己的主人公去呐喊、去谴责、去审判革命，他只是让笔下的人物用超越的眼睛去审视，去触动人们思索：革命这一伟大事件，到底在哪里迷失了？一场想拯救人类的革命，为什么又使人类回到亚当与夏娃那种孤绝的岁月？

(四) 超越现实时空（现实境界）

超越现实主体，超越现实视角，这就是从作家主体的层面讲超越性。如果从文本的层面上讲，超越性归根结蒂应当表现为超越现实境界。我一再说，人与人的差别，作品与作品的差别，最终是境界的差别。我们说文学应当超越现实功利，就是说，文学应当超越功利境界。我们说文学应当超越

"现实人"，即现实主体，就是说文学应当超越道德境界。作家应当具有比一般人更高的道德水准，作品中应有作家的伦理态度。但是，道德境界仍然属于现实境界，这还不是文学的最高境界。在现实中，作家会对人作好与坏的判断，但在艺术中，作家则对任何人都投以悲悯的态度。文学的最高境界是超越现实功利、现实道德、现实视角，也超越现实时空的审美境界。这一境界，王国维称之为"宇宙境界"，冯友兰称作"天地境界"，我则称它为"审美境界"。王国维在《〈红楼梦〉评论》中把中国文学分为两大境界，一是"桃花扇境界"；一是"红楼梦境界"。这两大境界的最大区别在于，前者是"历史"的，后者是"宇宙"的。也就是说，《桃花扇》虽精彩，但它只处于现实时空，即历史时空；《红楼梦》则超越现实时空，也就是超越历史时空而进入宇宙时空，而所谓宇宙时空，便是无限自由时空。即既没有时间的边界，也没有空间的边界。所以《红楼梦》境界更高远。它不是呈现某一个时代、某一个朝代的政治冲突与选择冲突，而是呈现一切时代、一切朝代的生存困境与人性困境。小说中的所有人物、所有冲突都不是发生在"时代之维"中，而是发生在"时间之维"中。无论是"父与子"（贾政与贾宝玉）的冲突，还是"钗与黛"的冲突，其矛盾的内涵都超越朝代与时代。一方代表俗谛（重秩序、重伦理、重教化），一方代表真谛（重个体、重自由、重自然）。双方都有充分理由。古今中外，古往今来，这种冲突永恒永在。曹雪芹既写出冲突中“黛”一方的美，也写出“钗”一方的美，他是二百多年前就出现的伟大“兼美”者，即呈现多元美共在的先锋式的伟大作家。而他所以“伟大”，就因为他始终站在天地境界、宇宙境界、审美境界中。

第六讲

去三腔与除旧套

『装腔作势』是写作的大忌。写作本领的成长，关键是要去腔调。作家从幼稚到成熟的过程，乃是一个不断抛弃旧腔调的过程。

成熟的写作者下笔一定要自然，要质朴，要真实，文章写到炉火纯青时，就是完全没有表演。写作不是演戏，而是讲述与诉说；作家不是大众的戏子，而是大众的友人。作家无须迎合讨好，也不做作，只求心灵相通。

这一讲既是“文学常识”课，又是“写作修养”课，同时也可视为“文学第一天性”的补充。真实性既然是文学的根本特性，那么，作品表述时就一定要真诚真实，要让人信服感动，所以绝对不可以“装腔作势”。

“装腔作势”是写作的大忌。写作本领的成长，关键是要去腔调。作家从幼稚到成熟的过程，乃是一个不断抛弃旧腔调的过程。去腔调，主要是要去三腔：一是学生腔；二是教化腔；三是文艺腔。当然，还有些腔是文学绝对拒绝的，例如官腔，这是不言而喻的，明代的台阁体（以三杨为代表）就是典型的官腔，没有什么价值。而学生腔、教化腔、文艺腔，则是一些写作者常犯的毛病，甚至有些作家，写了几十年，仍然没有“去腔调”的意识，其人其文，仍然让人感到矫情。

(一) 去学生腔

写作者，最初犯的写作病通常是行文带着学生腔。

青少年时代的写作者，无论是在课堂里“作文”，还是课堂外写作，都满腔热情，但也总是急于表现自己的才能，于是就任意挥洒，堆积华丽辞藻，特别是滥用形容词。老舍有一个相声，专门嘲讽堆积形容词的浮华病。相声所批评的，实际上就是学生腔。不过，任何人处于学生时代，尤其是中小学阶段，作文都难免会带学生腔。年轻时，社会阅历浅，缺乏人生体验，文章就不可能具备深厚的精神内涵，也因此热衷于文采与辞藻，形成“文胜于质”、华而不实的弱点。

中国文学以诗歌、散文为正宗。中国古代散文里也曾发生过整整一个时代的学生腔，这就是“六朝”的华而不实的文风。“六朝”是指三国的吴，东晋及南朝的宋、齐、梁、陈。因都以建康（吴名建业，今江苏南京）为首都，所以合称六朝。从吴、晋到唐初，一直流行一种骈体文。这种骈体文没有思想，没有“道”，只有形式，只有“文采”。写作者均崇尚丽藻、对偶、用典与声律。这个时期，不仅抒情叙事的散文完全骈偶化，连奏议、公文、信札等应用文也完全骈偶化。“六朝”骈体文犯的是思想贫血症和形式浮肿病，其文章都有一种腔调，这腔调，正是高级的学生腔。

学生腔是文学的幼稚病。人处于学生时代，往往爱讲大话空话，太多陈词滥调，“六朝文”犯的正是这种幼稚病。中唐时期，以韩愈、柳宗元为旗帜的“古文运动”，纠正的正是这种六朝文风，也可以说，韩、柳纠正的是一个历史时期中覆盖一切的浮华学生腔。在古文运动中，韩愈和柳宗元等倡导者，以散体文取代骈体文，提倡“文以载体”，提倡文“志于道”、“贯于道”，强调重道轻文，理胜于辞。提倡之外，他们自身又进行有思想、有内容（言之有物）的写作实践，从而实现了一场名副其实的文学改革。但是，由于矫枉过正，韩愈又过于强调文章的载道与教化功能，结果又落入了另一种腔调，那就是教化腔。“教化”一旦压倒性情，文学便成了“道”的载体。

学生腔在中国现代散文中也常常出现。最为突出、最为畸形的是20世纪六七十年代中国“文化大革命”中出现的“大字报体”和致领袖的书信体。书信体的开头总是“最最敬爱”，后来更是发展为“最最最最敬爱”。当时全民都带学生腔，不仅“红卫兵”满口学生腔，老百姓及领导者也满口学生腔，天天都是“三忠于”、“四无限”。至于大字报体，更是一律的腔调，一律的喊叫，一律的“头可断，血可流，不达目的不罢休”。大字报体只有情绪没有理性，只有口号没有论证，只有恐吓没有事实，兵气、匪气、疯狂气、痞子气浑成一体。如果说古代六朝的骈体文太重对偶，那么现代大字报文则太重排比。而相同处，是太奢华，太空洞，太幼稚。

（二） 去教化腔

在写作中，学生腔是幼稚病，而教化腔则是传统病。

教化腔也可称作教师腔，师爷腔。中国文学传统，一开始就有“诗教”，即以诗为道德教化的工具。《礼记·经解》说孔子早就提出“诗教”的理念。《论语·为政》中也记载，“《诗》三百，一言以蔽之，曰：思无邪”。意思是说，《诗经》三百首皆思绪纯正，符合教化准则。它可以“迩之事父，远之事君”（《论语·阳货》），即近可以服务于“孝”，远可以服务于“忠”。因为有此重大教化功能，所以孔子才会作出“不学《诗》，无以言”的训示。

孔子开辟的这一“诗教”传统，后来对中国文学的影响既广且深。东汉儒者所作的《毛诗序》规定诗有六义（一曰风，二曰赋，三曰比，四曰兴，五曰雅，六曰颂），并特别强调：“风，风也，教也；风以动之，教以化之。”而所谓教化，乃是“经夫妇，成孝敬，厚人伦，美教化，移风俗”。直到明代“三言”、“二拍”中的小说，也还是念念不忘在小说文本的前前后后进行赤裸裸的说教。或宣传忠孝节义，或张扬因果报应，几乎每篇都有一则画蛇添足的“劝世”陈言（作者称之为“明言”、“通言”、“恒言”等）。哪怕是最优秀的篇章如《杜十娘怒沉百宝箱》也不例外。这篇小说的开头，引用了以“扫荡残胡立帝畿，龙翔凤舞势崔嵬”两句开首的盛世颂诗，然后又借此讲述了一段“当下历史”（万历二十年）。

从解说“这首诗单夸我朝燕京建都之盛”，一直唠叨到日本丰臣秀吉侵犯朝鲜和中国，南京两千大学生应时而出，最后才引出男主人公李甲和女主人公杜十娘的名字。而全篇故事结束后又多余地硬加一段训诫式的说教：

> 后人评论此事，以为孙富谋夺美色，轻掷千金，固非良士。李甲不识杜十娘一片苦心，碌碌蠢材，无足道者。独谓十娘千古女侠，岂不能觅一佳侣，共跨秦楼之凤，乃错认李公子，明珠美玉，投于盲人，以致恩变为仇，万种恩情，化为流水，深可惜也有诗叹云：不会风流莫妄谈，单单情字费人参；若将情字能参透，唤做风流也不惭。

从《论语》到“三言”、“二拍”到“五四”前夕，中国文学始终未能摆脱“教化”传统。直到“五四”，新文学运动的先驱者才批判韩愈的“文以载道”，扬弃“伪道德”和侵入文学的道德说教。“五四”高潮后鲁迅所作的小说《补天》，还特别把伪道学家置放在女娲的大腿上，把他们化为可笑的喜剧角色。

可是，鲁迅逝世后的中国新文学，特别是1949年后的文学，“教化”传统又再次勃兴。文学被界定为“教育人民、打击敌人”的道德工具与政治工具，教育功能膨胀到前所未有的程度。因此，作家一下子全都变成教师爷。无论是诗歌、散文还是小说、戏剧，通通都充满师爷腔、教化腔，或教你“不忘阶级苦，牢记血泪仇”；或教你“千万不要忘记阶级斗争”、“千万不要忘记基本路线”；或教你“不能走那一条路”，而要走“金光大道”，几乎所有的作品都在对人进行阶级、革命、形势、路线的教育，也几乎所有的作品都需要有正面与反面人物的冲突，正面人物又都是人们学习的榜样，其负载的又是最正确的政治与道德标准。文学批评者则充当教师爷，甚至祖师爷，他们总是拿着“政治上正确与否”的尺度来苛求作家，作家也总是拿着最正确的腔调“放声歌唱”，结果诗歌、散文、戏剧、小说无一不带教师腔，这种腔调正是中国50到70年代文学的基调。

回想过去读过的俄国文学与欧美文学，当中几乎很难找到带有教师腔的作品，也几乎找不到整天沉浸于“正确与否”的作家和陷入正反两极冲突的经典。即使像马克西姆·高尔基这样的社会主义文学巨匠，他的作品也没有教师腔。其早期作品《母亲》有些教育意味，但是到了后期的多卷本伟大作品《克里姆·萨姆金的一生》就完全真实地面对人性、人生和社会，给读者展示了一部极为丰富的人生浮世绘，完全没有腔调。而欧美从古到今的一切伟大作家，我们更找不到哪一个充当社会教师爷，甚至也不是社会谴责者，他们的成功，全在于真实地面对复杂的人性、严峻的人生和充满困局的生存环境。

应当说明的是，我们批评教师腔，实际上是批评政治说教与道德说教，并不是否认文学拥有潜在的教育功能（以后还要讲一课文学的社会功能)，更不是否认作家需拥有基本的伦理态度。优秀的文学是人类向真向善向美的明灯，但它照亮读者的方式是“感人”，而不是“训人”。

(三) 去文艺腔

从事文学，怎么能没有文艺腔呢？我所说的文艺腔是文艺老腔调。凡是老调子，不管是老爷腔，还是“娘娘腔”，都应当抛弃。

文学艺术活动是一种创造性的精神活动，可贵在于原创性。忘记这点，就会唱老调子，即落入一种套式。鲁迅的小说集《呐喊》，其中有一篇《社戏》，写他童年时兴致勃勃坐船去外乡看戏，站在船头远远地看着听着，兴致很高，可是，听到后来，便有一个老旦出场，鲁迅感到特别扫兴，因为他知道，老旦一坐下来便没完没了地唱开她的老腔调，这就是千篇一律的文艺腔。

《红楼梦》之所以卓越，首先在于它自觉地摆脱流行的文艺腔，小说开篇就如此批评文艺腔：

> ……市井俗人喜看理治之书者甚少，爱适趣闲文者特多。历来野史，或讪谤君相，或贬人妻女，奸淫凶恶，不可胜数。更有一种风月笔墨，其淫污秽臭，

> 屠毒笔墨，坏人子弟，又不可胜数。至若佳人才子等书，则又千部共出一套，且其中终不能不涉于淫滥，以致满纸潘安、子建、西子、文君，不过作者要写出自己的那两首情诗艳赋来，故假拟出男女二人名姓，又必旁出一小人其间拨乱，亦如剧中之小丑然。且鬟婢开口即者也之乎，非文即理。故逐一看去，悉皆自相矛盾，大不近情理之话……

曹雪芹在第一回里就批评流行的潘安、子建、西施、文君等“千部共出一套”的旧腔调，并表明自己所作的小说志在“换新眼目”，另辟新局。除了开篇表明去老调、换新篇的志向外，他还在《红楼梦》文本中让笔下人物贾母也作了一番去老腔调破老套式的精彩言说。在第五十四回“史太君破陈腐旧套　王熙凤效戏彩斑衣”中，贾母趁元宵节阖家欢乐之时，打断女说书人（说的是残唐《凤求鸾》故事，上京赶考的公子是与王熙凤重名重姓的王熙凤，小姐是琴棋书画无所不通的雏鸾）的开场白。因为她早已猜到这类故事的模式腔调了。小说写道：

> ……贾母忙道：“怪道叫作《凤求鸾》。不用说，我猜着了，自然是这王熙凤要求这雏鸾小姐为妻了。”女先儿笑道：“老祖宗原来听过这一回书。”众人都道：“老太太什么没听过！便没听过，也猜着了。”贾母笑

道："这些书都是一个套子，左不过是些才子佳人，最没趣儿。把人家女儿说的那样坏，还说是佳人，编的连影儿也没有了。开口都是书香门第，父亲不是尚书就是宰相，生一个小姐必是爱如珍宝。这小姐必是通文知礼，无所不晓，竟是个绝代佳人。只一见了一个清俊的男子，不管是亲是友，便想起终身大事来，父母也忘了，书礼也忘了，鬼不成鬼，贼不成贼，那一点儿是佳人？就是满腹的文章，做出这些事来，也算不得是佳人了。……"

贾母这一番话，真把当时流行的说书老套式说透了。写作要避免公式化，就得去掉这种不动脑子而信口开河、人云亦云的老故事、老腔调。韩愈强调作文要务去"陈言"。所谓"陈言"，便是文艺腔。"文化大革命"中动不动就说"高大全"，动不动就唱"样板戏"，其实也是文艺腔。初学写作的人，写诗作文像唱歌，像唱戏，也是文艺腔。

(四) 只讲述，不表演

"去三腔"是从反面说。而从正面讲，成熟的写作者下笔一定要自然，要质朴，要真实，文章写到炉火纯青时，就是完全没有表演。写作不是演戏，而是讲述与诉说；作家不是大众的戏子，而是大众的友人。作家无须迎合讨好，也不做作，只求心灵相通。写作更是一种精神价值创造活动。贵在创造，所以不仅要说出“真话”，而且要说出“新话”。一旦落入腔调与模式，也就无所谓“创作”了。

第七讲

文学的『心灵』要素

文学事业就是心灵事业，是心灵通过想象外化成审美形式去感动读者的事业。文学既是心灵的载体，又是想象的载体。凡是不能切入心灵的作品，都不是一流的文学作品。

文学包括哪些基本要素？不同的教科书有不同的回答。我的回答有三项：一是心灵；二是想象力；三是审美形式。凡是文学，都离不开这三大要素。第一要素是心灵，可以说，文学事业就是心灵事业，是心灵通过想象外化成审美形式去感动读者的事业。文学既是心灵的载体，又是想象的载体。凡是不能切入心灵的作品，都不是一流的文学作品。例如《封神演义》很好看，很有趣，故事情节跌宕起伏，但它不算一流文学作品，因为它没有切入心灵。《封神演义》中的英雄们本领高强，可是没有内心。中国的许多侠义小说，如《三侠五义》等，也是如此，侠客们固然满身侠气，但我们很难感受到他们的心灵。

（一）什么是心灵？

什么是心灵，这是一个大问题。正如“什么是文学”一样，心灵也很难定义。

徐复观先生曾说，西方文化是“物”的文化，东方（中国）文化是“心”的文化。这也许可以说明东西方文化的侧重点不同，但不能说西方文化就没有“心”。其实，“上帝”就是一颗伟大心灵。这颗心灵光芒万丈，照亮了两千多年来无数人的道路。这颗心灵是西方爱的源泉，是精神本体。先不说“上帝”，就人文科学领域而言，早在两千多年前的古希腊时期就开始探索“心灵”问题，尤其是探讨心灵与灵魂的关系。亚里士多德还把心灵区分为“主动的心灵”和“被动的心灵”，“遭受的心灵”与“实现的心灵”。他假设被动的心灵会随肉体而生灭，而主动的心灵则不朽不灭，带有永恒性。借用亚里士多德的理念，可以说文学心灵指的正是主动的心灵，实现的心灵。它追求的是一种比肉体更长久的生命。

其实，各种宗教都是大心灵的体现，其教义都在塑造心灵。基督教呼唤的是“爱”的心灵，佛教呼唤的是“慈悲”的心灵。基督代表爱无量心，佛陀则代表慈无量心，悲无量心。爱与慈悲是矛盾的，爱往往无法慈悲。罗曼·罗兰的《约翰·克利斯朵夫》中有一句话：“一个人爱的时候并不慈悲。”的确如此，一个极端的爱者，为了实现爱，往往很自私，很残酷，排他性很强。不过，基督讲的是“大爱”，与慈悲相同。

除了宗教，各种文化也总是要界定心灵，呼唤心灵。就中国文化而言，各家所界定的“心灵”内涵就很不同。儒家讲

"仁爱之心"，道家讲"齐物之心"，墨家讲"兼爱之心"。孟子讲"四端"，即讲人与动物（禽兽）的区别就在于人有恻隐、羞恶、辞让、是非之心。他讲"人禽之辨"，说人与动物的区别只有一点点（几稀），人之所以成为人，只因为人有不忍之心。后来，明代思想家王阳明创造了"心学"，把"心"强调到绝对的程度。所谓"心学"，也就是"心本体"之学，说明的是心为万物之源，万物之本，不仅"心外无物"，而且"心外无天"。心不仅包容一切，而且决定一切。在王阳明之前，中国的禅宗，宣扬的其实也是心性本体论，慧能"不是风动，不是幡动，而是心动"的著名判断，就是"心外无物"——心动决定物动的判断。

我把文学定义为"自由心灵的审美存在形式"，把文学事业界定为心灵的事业，并确认心灵为文学的第一要素，正是把心灵视为文学的本体（根本）。但是，对文学中的"心灵"，我们还须进一步界定。因为文学呈现的是人性，我们必须了解心灵在当中的位置，这个问题也许需要几部学术专著才能说清。我们今天只能说，复杂纷繁的人性至少包括动物性、人性和神性，即人性可下坠为动物性，也可上升为神性，心灵则是人性与神性组合的精神存在，它可以驾驭并导引人性来拒绝动物性。如果用弗洛伊德的"本我"、"自我"、"超我"来描述，心灵不属于本我。它不是本能，而是理性的"自我"与神性的"超我"结合的精神存在。也就是说，我们所讲的心灵，既不是肉身意义的心脏，也不是超肉身的神灵，而是存在于我们身内又导引肉身提升的灵魂性存在。

文学常识课不是生命科学课，也不是“灵魂”宗教课，在此只能对“心灵”作大体描述。

（二）作家应有什么样的心灵？

我读过王安忆的《小说家的十三堂课》，我和她的文学理念完全相通，她也把文学视为心灵世界。她在开篇就说：

> 小说是什么？小说不是现实，它是个人的心灵世界，这个世界有着另一种规律、原则、起源和归宿。但是筑造心灵世界的材料是我们所赖以生存的现实世界。小说的价值是开拓一个人类的神界。

王安忆讲的是小说，如果把“小说”改为“文学”，那么，她说的正是文学真理。文学所创造的正是“个人的心灵世界”。她特别加上“个人”二字，这很重要。文学呈现的心灵是充分个人化的心灵世界，不是群体心灵的符号，也不是党派心灵的符号。这个心灵世界有自己的原则。我常说“心灵原则”，也是指个人的心灵原则。

王国维的《人间词话》，篇幅很短，却成为百年来文学理论的经典，就因为它道破了文学的根本。他特别推崇李后主的词，正因为李煜词的心灵境界很高。王国维用一句话概说这种境界，说它具有“释迦基督担荷人类罪恶”的心灵境界。中国有三个帝王后来都曾为敌方俘虏而变成囚徒，人生发生了巨大的落差。落差之后，其心灵也奔向不同的方向。这三个帝王分别是越王勾践、宋徽宗赵佶及南唐后主李煜。这三位帝王的心灵境界各异，勾践想的是“十年生聚，十年教训”，满心想复仇；宋徽宗内心只有个人的哀戚；唯有李煜，推己及人，从个人的不幸出发而想到普天之下苍生的不幸与苦难，把个体的悲哀化作普世的悲情，写出“问君能有几多愁，恰似一江春水向东流”的动人词句。在文学中，心灵很具体，王国维用“天眼”、“佛眼”将李后主与宋徽宗的心灵相比（未言及勾践），给后人很大的启迪，同时告诉我们：作家、诗人的心灵，不是一般的心灵，它应当像“天眼”、“佛眼”、“法眼”、“慧眼”一样，具有“天心”、“佛心”、“法心”、“慧心”，或是《人间词话》所说的“赤子之心”，即童心。诗人最值得骄傲的，是他胸中永远跳动着一颗单纯的童心。王国维曾概说“天才”的几个特征，其中一个便是赤子之心。

关于作家的主体心灵，我有幸听过高行健的直接表述。他说他一直怀抱三种心灵：“敬畏之心”、“谦卑之心”与“悲悯之心”。“敬畏之心”并不是简单地对某某人的尊敬，而是承认在人类之外有一种不可知的力量存在。这种冥冥之中的力量不一定是上帝，它非常强大而神秘，人类永远不可能认识它，只能感受它，所以自然而然会对它产生敬畏，比如我们对大自然、大宇宙便会有敬畏之心。康德晚年提出“物自体，不可知”，就是在他研究了一辈子哲学后，发现宇宙不可解释只能敬畏。爱因斯坦最后皈依上帝，对如此伟大的理性主义者的皈依行为，我们或可作这样的解释：对于爱因斯坦来说，重要的不是上帝是否存在，而是人需不需要有所敬畏。俄国的思想家别尔嘉耶夫在《论人的使命》中认定以人的同等水平无法把人看清，只有用比人更高的水准（神性水准）来看人，才能把人看得清楚。作家的心灵就必须立足于比人类更高的水准之上。“谦卑之心”也不仅是指谦谦君子风度。现在在中国大陆，尼采的书一本接着一本出版，崇拜尼采的人仍然不少。但高行健对尼采一再批评，这点很难得。他提出应当正视人乃是“脆弱的人”，而非“大写的人”或者“超人”，这种思想的缘起就是他的谦卑之心。第三个就是“悲悯之心”，这一点与莫言不约而同。

“悲悯之心”特别值得我们注意，尤其是大悲悯之心。关于这种心灵，莫言在获得诺贝尔文学奖之前曾经郑重地撰文阐释过。这一阐释，实际上道破了他在文学创作上获得成功的密码。该篇文章发表于前几年的《当代作家评论》，给我留下极深的印象。他获奖后，上海文艺出版社再版他的长篇作品系列，他又以这篇文章作为“代序言”，题为：“捍卫长篇小说的尊严”。现在我把其中最重要的段落节录出来：

大苦闷、大抱负、大精神、大感悟，都不必展开来说，我只想就“大悲悯”多说几句。……悲悯不仅仅是“打你的左脸把右脸也让你打”，悲悯也不仅仅是在苦难中保持善心和优雅姿态，悲悯不是见到血就晕过去或者是高喊着“我要晕过去了”，悲悯更不是要回避罪恶和肮脏。……站在高一点的角度往下看，好人和坏人，都是可怜的人。小悲悯只同情好人，大悲悯不但同情好人，而且也同情恶人。

……只描写别人留给自己的伤痕，不描写自己留给别人的伤痕，不是悲悯，甚至是无耻。只揭示别人心中的恶，不袒露自我心中的恶，不是悲悯，甚至是无耻。只有正视人类之恶，只有认识到自我之丑，只有描写了人类不可克服的弱点和病态人格导致的悲惨命运，才是真正的悲剧，才可能具有“拷问灵魂”的深度和力度，才是真正的大悲悯。

特别引用莫言关于“大悲悯”的思考，是因为这两段话击中了文学心灵的要害。大悲悯之心，正是作家主体的真心灵。而大悲悯包含着两重最关键的意思，一是无论“好人与坏人”，都是可怜的人。悲悯只同情好人，而大悲悯则同情一切众生，包括同情恶人。二是大悲悯不仅要正视他人的伤痕与丑恶，更要正视自己的伤痕与丑恶，悲悯他者，更要悲悯自我。只有同时正视人类和自我不可克服的弱点和病态人格，以及这些弱点导致的悲惨命运，才是真正的悲剧。莫言这一见解，是当代世界文学中最为深刻的心灵解说。我们只要想想俄罗斯文学的两座巅峰——托尔斯泰与陀思妥耶夫斯基，就会明白莫言说的是什么。托尔斯泰最后的行为语言是离家出走，“逃离”的大行为语言所蕴含的正是大悲悯之心，是他承受不了人间的罪恶和自我的罪恶。而陀思妥耶夫斯基的灵魂拷问，则是对一切人的拷问，好人，坏人，被敬重的人、被侮辱的人，也包括他自己。他为什么会拷问出犯人罪恶掩盖下的“洁白”？这是因为他的大悲悯。他的创作整体为什么让人感到那里是一个“复调的世界”（巴赫金语），一个可怜的世界？也是因为他的大悲悯。文学的最高境界（或称宇宙境界或称审美境界）高于道德境界，其原因就在这里。道德只讲除恶扬善，但看不到所谓“坏人”在人性深处与好人的相通之处。只知说教的道德家仅审判别人却不知自身的可怜、脆弱、渺小与卑劣，缺乏对自身黑暗的洞察与悲悯。我在上学时背诵唐诗，其中元稹的名句一直刻在心里，那就是“闲坐悲君亦自悲”。这首诗是写给妻子的悼亡诗。但我们可以把诗意加以引申，把“悲诗”扩展为悲悯甚至大悲悯——大悲悯包括“悲君”，也包括“自悲”，即正视自己的弱小、渺小，对最爱者的死亡一筹莫展，只能“惟将终夜长开眼，报答平生未展眉”。

（三） 文学作品中的心灵形态

刚才我们从作家论的角度讲述作家主体的心灵，现在我再从作品的角度讨论作品文本中所展示的心灵形态。

王安忆的《小说家的十三堂课》，分析了《巴黎圣母院》（雨果）、《呼啸山庄》（艾米莉·勃朗特）、《复活》（托尔斯泰）、《百年孤独》（马尔克斯）等外国名著，也鉴赏了《红楼梦》和我国当代小说《心灵史》（张承志）、《九月寓言》（张炜）等。她的分析用的全是心灵视角。从王安忆的分析中，我们可以看到成功的小说都呈现了一个个极为丰富又极为感人的，不同凡响的心灵形态。无论是《复活》中的忏悔之心，《巴黎圣母院》中的神奇之心，《悲惨世界》中的大慈大爱之心，或是《心灵史》中的不屈之心，都极为感人。

经典作品中的人物一定有自己的心灵形态，但不一定书写"好心灵"才是好作品。作家可以从正面书写伟大心灵、美好心灵，也可以从反面书写黑暗、堕落之心来表明自己的伦理态度（不是道德法庭）。例如巴尔扎克的《高老头》中有一句激愤地批判现实世界的话：愈是没有心肝，就飞升得愈快。全世界的文学作品中提供了无数"没有心肝"的形象，但笔下的人物没有心肝，不等于作家没有心肝。作家塑造任何人物，都有自己的心灵导向。我所以写作《双典批判》，便是认为《水浒传》与《三国演义》的作者心灵导向不对，我不赞成笼统地称"四大名著"，就因为《水浒传》与《三国演义》文本中的心灵形态和作者心灵导向，完全不同于《红楼梦》与《西游记》。四部小说里面，有"释迦"之心的只有《西游记》与《红楼梦》。《水浒传》布满"凶心"，《三国演义》布满“机心”。过去讲“少不看水浒，老不看三国”，也就是说这两部小说对我们中国的世道人心破坏太厉害了。我并不是说这两部小说写得不好，从文学造诣来说，《水浒传》把一百零八个好汉写成一百零八种性格，这非常不容易；《三国演义》的艺术性也很高，但心灵指向有问题。《水浒传》告诉人们：造反有理，只要你造反、革命，使用什么手段都可以，李逵把四岁小婴儿（小衙内）砍成两半可以，武松滥杀小丫鬟、小马夫也可以。《水浒传》中的李逵之心、武松之心有问题；《三国演义》中的刘备之心、曹操之心也有问题。曹操扬言：“宁教我负天下人，休教天下人负我。”而贾宝玉与此正相反，对于贾宝玉，重要的不是天下人待我如何，而是我对别人如何。比如赵姨娘和贾环，这两人总要加害宝玉，贾环甚至把灯油推到他脸上，想烧毁他的眼睛，王夫人怒不可遏，想要告诉贾母，可是贾宝玉竭力阻止，还叮嘱如果奶奶问起，不要说是贾环所为，就说是自己烧伤的，借此保护弟弟。连对企图毁掉自己眼睛的人都能宽恕，那还有什么人不能宽恕呢？这就是心灵。所以作家比来比去，不只是比文笔的高低，更要比心灵的高低，也就是王国维所说的境界高低。

第八讲 文学的『想象力』要素

可以给『想象』一个最质朴的描述：想象就是诗法，就是魔法，就是起死回生法，就是无法之法，就是让人的心灵、活力重新燃烧、开放、飞扬起来的创造法。

作家的内心愈是自由，其想象的力度就愈强。作家的心灵一旦被羁绊在政治与文学教条中，势必不能充分想象，即不可能『天马行空，鲸鱼跃海』。

我把“心灵”、“想象力”、“审美形式”界定为文学的三大基本要素，突出了“心灵”，也突出了“想象力”。几乎所有的文学教科书，特别是“文学原理”与“文学概论”，都要谈论“想象”，而且谈论的要点总是在讲述实现想象的方式，诸如联想、幻想、冥想等。这是可以理解的，因为离开了“想象”，就没有诗，也没有小说。

(一) “想象力”的理性解说

究竟什么叫作“想象”，我们无须多去纠缠，因为用理性的语言很难描述“想象”的发生与发展。18 世纪法国启蒙思想家德尼·狄德罗曾这样定义想象：“想象，这是一种物质，没有它，人既不能成为诗人，也不能成为哲学家、有思想的人，一个有理性的生物，一个真正的人。”（段宝林编《西方古典作家谈文艺创作》，沈阳：春风文艺出版社，1980年，第106页）对于这个定义，我只能同意他说的一句话，即没有想象，人不能成为诗人。除此以外，我至少要提出两点质疑：一、与其说是物质，不如说想象是一种“机制”，一种心理活动。文学要实现对世俗世界、世俗视角、现实时空的超越，即从有限时空进入无限时空，靠什么？不是靠人造卫星，不是靠太空船，而是靠“想象”这一心理机制。二、说没有想象不能成为诗人，这很对，但说没有想象就不能成为“有理性的生物”却不一定。许多思想家固然也会想象，但放下想象而仰仗逻辑与经验每每也能成功。科学家也会想象，或者说，想象也往往推动科学的发展，但科学家的创造与文学艺术家的创造不同。科学创造是逻辑性的创造，是数位和程式（流程）介入的创造；而文学创作则是想象性的创造。因此，文学既是心灵的载体，又是想象的载体，但不能说，科学是心灵与想象的载体。

康德之所以只把“天才”这一名称给文学艺术家，就因为文学艺术领域是想象力的领域，而不是判断力与推理力的领域。他在论述天才时，首先区分“发明”与“发现”这两个概念，认为只有“发明”方可称为天才。因此他断定，科学领域无天才，文学艺术领域才有天才。他说：

……这种发明的才能就叫天才。但人们说只把这个名称给艺术家，即只给能创造出某种东西的人，而不给只知道很多东西的人，也不会给只会模仿的艺术家。

……真正为天才而设的领域是想象力的领域，因为想象力是创造性的，它比其他功能较少处于规章强制之下（转引自李泽厚著《批判哲学的批判：康德述评》，北京：人民出版社，第408页）。

康德在人类伟大哲学家中位居首席，尽管“科学领域无天才”的论点值得商榷，但他把天才领域（文学艺术领域）视为想象力领域，并把这一领域视为真正的创造领域，却是真理。因此，可以确认，想象机制乃是文学的创造机制与超越机制。

（二）“想象力”的感性描述

关于想象力的理性界定，不能再多讲了。如果继续引证、论证下去，就会陷入概念的怪圈。“文学常识”课，不是对“想象”进行心理学、伦理学、哲学的解说，还是回到文学的感性认识上来。

提起“想象”的感性描述，我总是想起英国天才诗人，30岁就去世的雪莱。他曾用“重燃的火焰”与“重放的鲜花”这两个意象来表述诗的发生。他说，诗不是“推理”，即不是那种由意志所主导的力量。诗人的心境宛如一团行将熄灭而重新煽起的炭火；又如一朵行将枯谢而重新怒放的鲜花。靠什么重新燃烧、重新怒放呢？就靠想象。

由此，可以给“想象”一个最质朴的描述：想象就是诗法，就是魔法，就是起死回生法，就是无法之法，就是让人的心灵、活力重新燃烧、开放、飞扬起来的创造法。

雪莱的比喻，贴切而罕见。相对而言，西方较多关于“想象”的理性定义，倒是中国有许多关于想象的感性描述。中国人一谈起想象，总是要引述陆机、刘勰等文论家的话。陆机在《文赋》中说，作家进入创作时“精骛八极，心游万仞”，可“观古今于须臾，抚四海于一瞬”。这正是对想象极精彩的描述。想象力的功能就在于让作家打破有限时空，于瞬间须臾进入无限时空。刘勰《文心雕龙·神思》篇的开端就说：

> 文之思也，其神远矣。故寂然凝虑，思接千载；悄焉动容，视通万里；吟咏之间，吐纳珠玉之声；眉睫之前，卷舒风云之色；其思理之致乎！故思理为妙，神与物游。

又说“夫神思方运，万涂竞萌，规矩虚位，刻镂无形。登山则情满于山，观海则意溢于海。我才之多少，将与风云而并驱矣”。刘勰把“想象”说成“神思”，这是对想象确切而精彩的描述。杜甫说“读书破万卷，下笔如有神”，就是“笔放神思”的意思。对于“神思”，曹植早有论断。在《陈审举表》中，他说：“又闻豹尾已建，戎轩鹜驾，陛下将复劳玉躬，扰挂神思。”曹植还在《宝刀赋》中云：“规员景以定环，摅神思而造像。”他当时也已认识到，按仪式而画圆定环容易，按神思（想象）而造象（虚构）则是很难的。

二三十年前，大陆曾经有一场关于“形象思维”的讨论。但对于“形象思维”的概念，当时并未说清楚。有人说文学艺术就是形象思维，然而在我看来，形象与思维本来就是矛盾的。形象有一层重要涵义，那就是想象，但是想象能算思维吗？思维本是指理性的、思辨的活动，这是由逻辑支配的；而想象恰恰是反逻辑、反思辨的，它怎能算作思维呢？我将文学的概念还原到最通俗的解释，这样比较容易掌握。我们可以确认，想象力乃是一种心理活动、心理能力，它是文学创作的动力，是让心灵飞翔起来的心理机制。以我自己为例，我现在身兼学者和作家两个身份。作为学者，我在建构学术著作时非常理性，冥思苦想，遵循逻辑，所以必须告诉自己：坐下来就是力量；而在进行文学创作时，我则告诉自己：飞起来就是力量。阎连科曾说想象往往重于经验，要用想象来补充经验，就得让经验飞翔起来。想象的方式，正是超越现实经验而飞翔起来的方式，如“天马行空”而不知时空边界的方式，也就是白居易所说的“上穷碧落下黄泉”的方式。就个人的创作体验而言，我认为即使在散文写作中也可借用这种方式，即必须有一番飞扬的神思。我写《读沧海》时就有这种体验。赞美大海的诗文很多，要想别具一格，就要借助想象。普希金说大海是“自由的元素”，我则想到大海是“展示在天与地之间的书籍，远古与今天的启示录，我心中不朽的大自然经典”。有了“想象”，大海再写一万年也写不完。再如司马迁的《史记》，本是史籍，但其中许多篇章也被公认为文学。而其文学性乃是因为它渗入了“想象”要素。如项羽于乌江畔自刎之前的那些慷慨悲语和心灵诉说，就是一些难以实证的想象性描述。

(三) 文学创作的两大走向

想象力对于文学很重要，但并不等于说想象是实现文学创作的唯一途径。打开人类文学史，可以看到两大类型的作家，或者说，可以看到文学创作的两大方向。一类更重想象力，一类则更重观察力（或者说更重理解力和认知力）。第一讲提到的《金蔷薇》中有一则左拉与莫泊桑争吵的故事。莫泊桑说文学离不开想象，左拉则对此不以为然，结果两人吵得不欢而散。左拉与莫泊桑都是19世纪法国的卓越小说家。当时左拉揭橥的是“自然主义”的旗帜，认为“观察”重于“想象”，文学的最高品格是“真实感”，而不是想象力。凭想象虚构固然也是一种创作方法，但更好的创作方法是如实地感受与表现自然。因此，左拉总是在做了大量的调查研究之后才创作小说。其代表作《萌芽》《金钱》《小酒店》《娜娜》等，也确实忠实于现实生活，深刻地反映了当时的社会状况，从而取得了很高的文学成就。他虽然是一个激进的社会主义者，可是笔下塑造的工人形象非常真实，他们好斗、酗酒、暴躁，个性十足。

左拉强调真实感是对的，但把真实与虚构，把观察与想象对立起来却很不对。他的错误在于把“想象”简单化了，被简化后的想象只有“虚构”这一功能。他忽略了“构思”，即任何作品的架构过程，本身就是想象过程。文学不是历史文献，也不是现实生活的重演与复制，因此，历史与现实中的任何原材料都不是作品。作家一旦进行创作，也就进入作品的架构，这种架构乃是由“实”转“虚”的过程，也就是想象的过程，至少可以说，是想象补充经验、神思补充现实存在的过程。莫泊桑在创作实践中明白这一点，但他是一个只重感觉、不重理论思考的作家，他在和左拉的争辩中恐怕说不过左拉，所以被气跑了。

刘勰很了不起，他在《神思》篇中先肯定想象的巨大功能，但接着又说“人之禀才，迟速异分，文之制体，大小殊功”，并描述了司马相如、扬雄、王充、张衡、左思、枚皋、曹植、王粲、阮瑀、祢衡等人的不同风格，尊重各家的“制体”。刘勰的论断兼容多元，对今天的文学写作仍然很有启发。我们应当既爱左拉，也爱莫泊桑；既爱哈代（倾向于观察的自然主义），也爱拜伦（侧重于想象的浪漫主义）；既爱杜甫（重写实），也爱屈原（重想象）；既爱高行健（重观察、重认知），也爱莫言（重想象）。这种情怀，就叫作“异量之美”。

（四） “想象”的现实根据与人性根据

在写作中，不管想象如何天马行空，必须有现实根据与人性根据。也就是说，不可完全凭空臆测、胡乱想象。

凡是有创作经验的好作家，一定知道有两种“描画”对于写作者来说是最容易的：一是“依样画葫芦”，二是“凭空画鬼怪”。前者是没有想象地照搬生活，把文学等同于生活。后者是想象无根据，随心所欲地乱画一气。常听有经验的画家、作家说，画鬼容易画人难。因为画人，包括想象中的人、梦中人，都必须有人与人性的依据。画鬼，该怎么画呢？美国的鬼节实际上是儿童节，家长们为了让孩子们高兴，制作了多种鬼怪形象，有的缺鼻子，有的缺眼睛，这并不难。当然，他们的制作也有想象的介入，但想象无据，作品也就没有什么价值了。我国古代经典小说之一《西游记》极富想象力，居然想象出“大闹天宫”与“大闹龙宫”的情节，让读者可以接受也乐于接受，这就因为小说在想象中有现实的根据。天宫如同人间，也是一个等级社会，连孙悟空这样的英雄，也受愚弄，受冷落，所以他就反抗、捣乱，就开天上权威的玩笑。孙悟空在天宫与龙宫的行为，只不过是现实行为的夸张与延伸。当下文学中，被公认为想象力极强的“魔幻现实主义”代表作家、《百年孤独》的作者加西亚·马尔克斯，在谈论自己的创作时曾郑重声明，他的“魔幻”均有现实根据。在那片神奇的土地上，他经历过许多神奇的事情。在亚马逊河流域的某个地方，人一说话，就会降下一场倾盆大雨。他的《百年孤独》发表后，巴兰基利亚（哥伦比亚的城市）有个青年说他确实长了一条猪尾巴（参见王洗编《世界著名作家访谈录》，江苏文艺出版社，1995年，第380页）。

㈤ 我国现当代文学的根本弱点

本文到此本应结束了。但有一个文学史问题，我想借此机会提出来讨论。那就是，我认为以五四新文学运动为开端的现代文学和当代文学，有一个根本的缺陷，就是缺乏想象力。不是完全没有，而是缺乏。我在1998年金庸小说研讨会（在美国科罗拉多大学举行）上就指出了这一点，并说明金庸小说的成就之一是弥补了想象力不足的缺陷。他的小说展示了另一种世界，这是江湖世界，也是金庸的梦中世界，完全超越现实的想象世界。

不管是阅读但丁的《神曲》还是歌德的《浮士德》；不管是阅读莎士比亚的《哈姆雷特》还是赛万提斯的《堂吉诃德》，都会惊叹他们的非凡想象力。我国的古代文学，从屈原、李白、苏东坡，一直到蒲松龄、曹雪芹，我们也惊叹于他们的超群想象。如果以这些经典为参照，就会发现我国的现当代文学缺乏想象的力度、深度和广度。我之所以赞赏莫言，其中一个重要的原因就是他继金庸之后又一次展示了想象的巨大空间。从《酒国》一直到《生死疲劳》，其想象力可以称作“石破天惊”。可惜现在有如此想象与气魄的作家却极少。

想象力为什么不足？这是一个值得研究的课题。也许是新文学发生之后不久，作家就面临国家苦难与社会不公等问题，忧国忧民的情怀过于沉重。也许是“五四”之后，文学界均走向写实主义（现实主义）而无法从现实中超越。原因诸多，但有一个根本点必须指出，那就是文学的想象力与作家的心灵自由度是紧密相关的，或者说，是积极互动的。作家的内心愈是自由，其想象的力度就愈强。作家的心灵一旦被羁绊在政治与文学教条中，势必不能充分想象，即不可能“天马行空，鲸鱼跃海”。鲁迅先生说，没有天马行空的精神，就没有大艺术。我们可以更明白地说，没有不拘一格的大自由，就没有大艺术。

第九讲

文学的『审美形式』要素

我们判断与评价文学作品，也应当以审美的基本范畴为视角。如果作品是一部悲剧，我们就要审视其悲剧的深度、广度和真实度。如果是喜剧，我们也要审视其喜剧的快感、幽默感、分寸感和对丑的批判力度等，而不是动不动就考量作品政治正确与否，或道德纯正与否。

这一讲要讨论文学三个基本要素中的“审美形式”。讨论这个题目，首先遇到的问题仍然是概念的界定，即“审美形式”是什么?

“审美”的概念内涵大于“艺术”内涵，也大于“文学”内涵。我们观赏美（即“审美”过程）不仅仅止于文学和艺术，还观赏一切蕴含“美”的存在，面对天空、大地、海洋可以审美，面对人类、狮虎、教堂也可以审美，那么，什么是天空、大地、海洋、人类、狮虎、教堂的审美形式?这就不容易说清了。因此这一讲首先要设一界限：只讲文学的审美形式。同学们或会问：既然如此，那么为什么不直接讲述文学形式，而要讲“文学审美形式”呢?那是因为一讲文学形式，就容易陷入讲述诗歌、散文、小说、戏剧等文学样式，而文学样式仅仅属于文学审美形式的一项内容，文学审美形式的内涵更为宽广。这一讲，我们便讲文学审美形式的四个方面：审美范畴、审美趣味、审美方程式与文学样式。

（一） 文学的审美范畴

一提起文学，我们就会想到古希腊的两部史诗：《伊利亚特》与《奥德赛》，也会想起《俄狄浦斯王》等悲剧。其实，史诗、悲剧、喜剧都是文学的审美范畴。随着人类智慧和文学自身的不断发展，审美范畴也愈来愈丰富。例如20世纪以前，文学中就没有“荒诞”、“黑色幽默”这些范畴，到了20世纪，“荒诞”却成了文学的主要审美范畴之一。那么，究竟文学有多少审美范畴？或者说，什么才算文学的审美范畴？目前我也无法提供一个完整的答案。

已故台湾著名文学理论家姚一苇先生著有《美的范畴论》，这部书在第一章绪论外的六个章节，分别论述了他认定的六种主要审美范畴，分别为“秀美”、“崇高”、“悲壮”、“滑稽”、“怪诞”、“抽象”。姚先生除了拈出这六大范畴之外，还从不同层面解说各个范畴的内涵，例如“秀美”就包括五个层面：第一，自生理层面的秀美观；第二，自心理层面的秀美观；第三，自社会层面的秀美观；第四，自伦理层面的秀美观；第五，自哲学层面的秀美观。除此之外，姚先生还区分了“外在秀美”与“内在秀美”；“外形的调和”和“精神的融合”；“外形的圆满”与“精神的完遂”；“外形的可爱”与“精神的依恋”，并探讨了由前者通向后者的途径。读了姚先生这部著作，我们就会明白美具有许多不同的形态形式，也具有许多不同的性质类型。崇高的判断与美的判断差别很大。

有的作家选择“拥抱崇高”，有的作家选择“回避崇高”，两者都有其道理。选择“拥抱崇高”者，其作品的基调便是战斗、牺牲、无畏、献身等；选择“回避崇高”者则是幽默、玩笑、嘲讽、忧伤等，两种基调各有侧重，重要的是作品须呈现人性的真实，见证现实的真谛。

我们判断与评价文学作品，也应当以审美的基本范畴为视角。如果作品是一部悲剧，我们就要审视其悲剧的深度、广度和真实度。如果是喜剧，我们也要审视其喜剧的快感、幽默感、分寸感和对丑的批判力度等，而不是动不动就考量作品政治正确与否，或道德纯正与否。我们将有一课专门讲述“文学批评”，文学批评考察的，一是文学作品的精神内涵，二是文学作品的审美形式。而考量审美形式时首先就得关注审美范畴。批评时应当使用审美范畴语言，不应用意识形态语言，即应当说明作品的“悲剧感”、“喜剧感”、“崇高感”、“幽默感”等，而不应论证作品的政治取向，也不应论证其党性、阶级性的多寡强弱。

（二） 文学的审美趣味

我把审美趣味也当作一种审美形式。这可能是“中了康德的毒”。康德把趣味看得很重要，他甚至认为，趣味比天才更重要。因为天才乃是独特的心理功能，而趣味则是审美。单有独特的心理功能并不能构成艺术，而趣味则可以促成形式甚至构成形式。例如情感的饱满，颓废的痴迷，华丽的向往，质朴的崇拜，野性的飞扬等，都可以视为形式，至少可以促成形式。

李欧梵说，高行健呈现的是欧洲高级知识分子的审美趣味；我说莫言呈现的是中国乡土雅俗共赏的民间趣味。我还说，高行健是“道家”趣味，追求的是逍遥与大自在；莫言则是“墨家”趣味，喜好的是社会底层的侠气与豪气。这是不同的趣味类型，也是不同的审美形式。李泽厚所著的《美的历程》，有人将其视作“艺术史”，有人则视之为“文学史”，这两种解读也没错，但从根本上说，它是“审美趣味变迁史”。不同时代会有不同的审美趣味，比如“环肥燕瘦”，指的是唐代“以胖为美”及宋代则“以瘦为美”。宋之后又崇尚病态之美（如裹小脚，如林黛玉），这正是审美趣味的变迁，与此相连的便是审美形式的改变。

我讲述审美趣味，不仅讲述美学知识，而且还希望同学们善于把“趣味”当作一种审美视角、审美意味、审美感觉。各种感官都应灵巧一点，尤其是嗅觉，一读作品就能闻到（判别）各种味，特别是能分清“腐朽味”与“新鲜味”。我说我能闻到灵魂的芳香和天才的芳香，不是瞎说，而是真的能感觉到作品的高级趣味或低级趣味。所谓“灵魂的芳香”，指的当然是高级趣味。以中国历史著名的几位美女西施、昭君、虞姬、绿珠、红拂等为例，持低级趣味的人只会对她们的画像垂涎欲滴，讲无聊话，这是人性欲望的低级趣味。而林黛玉所作的《五美吟》，则逐一对这些美人进行审美评价，道破她们的悲剧性（除红拂之外），哀叹她们始终不能成为自己，美人变为美奴，沦为王奴、霸主奴、财主奴，实在可悲。林黛玉“吟美人”，实际是在“品美人”，表现出来的是高级的品味与趣味。《五美吟》的审美形式，不仅是“七言绝句”，而且是绝句背后的精神绝唱，拥有最高趣味的审美形式。

（三） 文学的审美方程式

“审美范畴”与“审美趣味”都较为抽象，都需要用悟性去感受，所以我称之为“潜审美形式”。与潜形式相对应的是“显审美形式”。我们看到的每一部好电影，每一场好戏剧，每一部好小说，会发现它们都有独特的形式。例如贝克特的《等待果陀》和高行健的《车站》都是写等待，但两部作品的戏剧形式很不相同。前者止于言说，后者则有说、唱、念、打，与中国原始的戏剧形式相似。会写诗与会写小说的人，写出来的诗与小说总是带有与前人不同的审美形式，内行的人一看就明白，这是“显形式”。

我曾思考过，不同的审美形式是怎么形成的？它的“因”是什么？或者说，是什么因素构成具体的审美形式？后来读了李泽厚先生的美学著作，才明白审美形式是由四种因素按不同比重排列组合而成的（不是机械排列，而是基因组合）。这四种因素是：感知、想象、情感、理解。每一项因素都很丰富，可以说，每一项因素都是一个“集团”，一个系统。四因素的灵性组合便形成“审美方程式”，李泽厚对这一方程式作了如下说明：

> 美感从心理学看，至少就是感知、想象、情感、理解四种基本功能所组成的综合统一，绝不只是其中的某一种因素，至于这几种因素到底是怎么结合起来的，各占多少比重，它的排列组合有多少种，这些问题还很少人研究。比如感知里面就还有感觉和知觉，想象里面的种类也很多：类比联想、接近联想、相反联想等。而情感与欲望、要求、意向、愿望等也有很多联系。每一种因素都有很多内容，我常说美学是一种年幼的学科，就是因为，美感心理的种种规律都有待于今后深入的研究。我们只知道现象的多样性、复杂性，但它到底包含什么，并不清楚。我想现在也研究不出来，恐怕要五十年或一百年以后。这是因为心理科学本身还不成熟，对情感，对高级的审美情感就更不清楚。（转引自李泽厚著《美学论集》，台北：三民书局，1996 年，第 680 页）

对于这个审美方程式，我在《李泽厚美学概论》一书中又作了如下阐释：

……由感知、理解、想象、情感四要素排列组合的审美数学方程式。如DNA的不同组合，文学艺术也通过四者的无穷组合而呈现出千姿百态。“感知”是审美的出发点，又是多种心理功能协同运动的结果。“理解”是认识性因素，但文学之所以不是认识，是因为文学中的这一要素不同于科学、哲学、伦理学中的理解，它只是溶解于水中的盐，有味无痕，性存体匿，属于无痕的存在。“情感”乃是动物性欲望人化后的情感，它包括意识层的情感也包括潜意识的情欲。情感驱使想象，它是想象的动力、基础和内容。“想象”要素，是审美的关键，它使“感知”越出自身，使“理解”不走向概念，使“情感”能构成一个多样化的幻想世界。换种说法，是能使常数（理解、情感等）化为变数，使现实化为梦。笔者在自己的文学理论中，把心灵、想象力、审美形式视为文学最根本的三大要素。所谓心灵，也就是情感与理解，所谓审美形式，也就是通过感知与想象而创造的艺术形式。

理解、情感、想象、感知这四项因素的无穷组合使文学艺术拥有无穷的形式。文学作品可有千种万种写法，可呈现千姿万态，其实就是因为这四项因素按不同比重组合。诗与杂文所以不同，就是因为前者的“情感因素”较重，后者的“理解因素”较多。而同样是诗人，其风格之所以不同，也与这四项因素的方程式相关。例如普希金与艾略特相比，前者显然是情感重于理解，后者则是理解重于情感。诗人必须掌握好比重的分寸（即艺术度），“增之一分则太长，减之一分则太短”，如果理解因素比重过大，就可能产生概念化；如果情感因素超重，则可能落入抒情主义的浅薄旧套。“想象”也有分寸的问题，不足则苍白，太过则失真。文学艺术家的本领就在于掌控比重，能做到“恰到好处”，便是高明。文学作品中所产生的酸气、娇气、霸气、小气、女人气等弱点就是因为上述四项因素的排列组合失调或失度。

(四) 文学样式的最后边界

文学的显形式，最明显地呈现为不同的文学样式（通常被称为文学类型或文学体裁）。关于文学样式的划分（分类）有两种困难。一是文学样式并非固定化样式，几种样式都处于不断变化之中；二是划分的结果反而削弱文学创作的自由，因此有些美学家与文论家便主张不要陷入分类的陷阱。例如克罗齐（Benedetto Croce，意大利人，1866 – 1952）和杜夫海纳

（Mikel Dufrenne，1910—1995）就否定分类的必要性。克罗齐的理由是文学艺术乃是直觉对象而非科学判断对象，一旦分类，势必陷入逻辑。而杜夫海纳的理由则是，文学艺术不同样式之间，重要的是其内部关系，而非其各自的外部特点。但也有主张必经分类的文论家，并且做了分类实践。例如我国的陆机，就将“文”分为十体；刘勰（《文心雕龙》作者）将文体分为三十余种；萧统则将文章分为三十八类（一说三十九类）。西方的文论家亚里士多德、贺拉斯、波瓦洛、别林斯基等也都从不同角度对文学进行分类。我个人则接受两派（否定派与肯定派）的合理意见，折中为文学样式可作大体分类、模糊分类、对比分类、即不要分得太绝对，但还是要有个大体分类。所以还是将文学分为诗歌样式、散文样式、小说样式、戏剧样式（指戏剧文学作品）。也可以再加上影视文学样式。而每种样式又都是一个系统，比如诗歌可分为抒情诗与叙事诗（但叙事不是诗的本质，抒情才是本质）、古体诗与现代诗。古体诗又可分为律诗与绝句。其中律诗又可分为五律与七律，绝句又分为五绝与七绝。在五四新文学运动中产生的新诗（胡适第一个作了抒写白话新诗的尝试）发展至今已九十多年，但还是有人怀疑新诗是否成功，因为新诗的艺术规范仍在变动中。

界定诗歌，本来并不难。翻开任何一部辞典或“文学概论”，都有诗歌的定义，而且大多是说明诗歌乃是押韵、分行、格外凝练含蓄的文学形式。无韵谓之“笔”，有韵谓之

“文”，前者主要指实用散文，后者则指诗、词、歌、赋等艺术文章，这是古代文学的常识，无可争议。可是现代诗歌发展至今，许多诗歌不仅没有格律，而且也不押韵，甚至不分行或者随意分行，进而派生出“散文诗”，这样就令定义诗歌变得困难。然而，我们还是可以把诗歌与散文、小说等样式区别开来。诗歌的最后边界是什么呢？我认为诗之所以为诗，最重要的特征是它的“音乐感”（包括节奏感）。分行也罢，不分行也罢；押韵也罢，不押韵也罢；凝练的抒情诗也罢，不够凝练的叙事诗（长篇叙事诗）也罢，最后都不能抛弃“音乐感”。没有音乐感，就不算诗。音乐感比跳跃感更根本，比通感更重要。散文诗之所以属于诗，便是因为它也有一种内在情韵，这也是音乐感，可称为内在音乐感。所以我们可以肯定，音乐感是诗的最后边界。

与诗歌相比，散文则是作家呈现自我人格的文学样式。诗歌可以“曲说”，散文则必须“直说”，即直言作者的心志、感悟、思想、情感、学识等。钱钟书先生在《谈艺录》中引述西方文论家的话说，散文可称“解放语”，以别于诗之为“束缚语”。诗歌确实被束缚于韵律、格律等框架内，散文则丢弃一切“镣铐”。所以“诗如必被桎梏而飞行，文却如大自在而步行。”（《谈艺录》，北京：三联书店，2007 年，第 247 页）。散文有抒情散文、叙事散文和议论散文等类型。三类散文又各有分支，但都不可虚构情节，即不可写成小说或寓言。散文是最自由的文体，把自己想说的话（思想言论）诉诸文字就是散文了，但必须有情思与文采，即内部情致与外部情趣（包括理趣），不可写成乏味的公文、布告、章程等。杂文之所以是文学，而非人文科学（论文），就因为它具有情趣与理趣，甚至还有类型形象。这里要特别提醒同学们的是，要分清“理语”与“理趣”这两个不同概念。写作杂文难以避开“理语”，但还是要尽量多些理趣，少些理语。近两年北京三联书店出版我十部“散文精编”，就包括纪事、回忆录、杂感、书信、序跋、游记、小品、文化随笔、阅读笔记、散文诗、悟语（相当于随想录）等，这些都属散文，但无论哪一类，都与真人实事相连，都拥有情思、理趣与文采，也都是自己心灵、性情与人格的写照。

小说与散文最大的不同是它无须受制于真人实事，可以虚构。用《红楼梦》的语言表述，它既可“甄士隐”（隐埋真人真事），又可“贾雨村”（用假名假语叙事）。原来的小说均以故事、情节为特征，但是许多现代小说淡化了故事情节，甚至没有故事情节，例如高行健的《灵山》就以人称代替人物，以心理节奏代替故事情节，但谁也无法否认它是小说，因为它保留了小说最后的边界，那就是贯穿性的叙述与讲述，并且这些叙述讲述都是虚构的。

戏剧与上述文学样式区别较大。小说、诗歌、散文等，不可表演，只能诉说。而剧本则必须诉诸舞台，因此表演性便成为戏剧文学样式的本质与最后边界。这里需要特别说明的是，剧本具有双重性，即它既是戏剧，又是文学。因此，剧本必须具有其他文学样式所没有的特点。它不能过分案头化、书面化，而必须带有直观性的品格，必须通过演员的表演能立即转化为形象，并直接呈现于观众面前。总之，戏剧文学（剧本）与其他门类文学（文本）的根本区别就在于案头性文学与舞台性文学之别。

第十讲 文学批评与经典阅读

普世的文学批评标准是什么呢？标准有两个：一个是文学的精神内涵；一个是文学的审美形式。

㈠ 人人都有文学批评的权利

这一课的重心是讲文学批评，也兼说文学欣赏与文学接受，但内容太宽泛，所以只讲文学经典的接受与阅读。

正如每一个人都有写作诗歌、散文、小说的权利一样，每个人也都有欣赏文学与批评文学的权利。鲁迅先生在《读书琐记三》（《花边文学》）里把作家与读者的关系比作厨师与食客的关系。厨师做了菜，食客就有批评的权利。厨师不能因此对食客说，你说我的菜做得不好，那你做给我看。当然，每个食客都应尊重厨师，厨师也应具有兼听的情怀。每个食客都有自己的品味，众口难调，厨师做的菜不可能使所有的食客都满意。食客的品评往往是主观的，但是，厨师的水平差异最后还是可以品尝出来的，这又有客观性。

（二）文学批评的五种主体

文学创作的主体是作家，文学批评的主体却不仅仅是文学批评家。一部作品产生之后，所有的读者都可以进行批评，但读者很复杂，因此，便出现五种批评主体：

（一）政府批评：可以不承认政府批评是文学批评，但它又确实在进行文学裁决。不管是东方还是西方，都有一些文学经典被列入禁书。复旦大学已故教授章培垣先生和安平秋先生编过一部《中国禁书大观》（上海文化出版社，1990年），列举了各个朝代遭禁的书目。在秦代被禁的有《尚业》《诗经》《左传》《论语》《孟子》《国语》《战国策》《老子》《应子》《公孙龙子》《墨子》《吕氏春秋》《山海经》《孙子兵法》等经典。到了清代，禁书超过一百种，我们今天所喜爱的《红楼梦》《西厢记》《牡丹亭》等都属禁锢之列。西方的禁书历史也有许多故事，比如乔伊斯的《尤利西斯》在20世纪还被禁过。禁与止，收与放，这是政府按照自己的政治标准进行的批评。这种批评，靠的是权势。虽有效，但有限，只能在短期内起作用。

（二）大众批评：作品一旦进入社会，首先遭遇到的是大众。大众要说话，谁也阻止不了。大众买不买你的书，读不读你的作品，这就是读者选择。选择也是批评。大众读了作品，或与朋友交流心得，或通过各种媒体发表意见，这又是批评。出版社出了文学书之后说：“读者反映很好，好评如潮。”所以会形成“潮”，就因为是大众的选择。鲁迅先生告诫作家不要迎合大众，俯就大众，意思是说，不要让大众的议论与呼声影响自己的写作。好作家不求“万人之谔谔”，宁求“一人之啧啧”。

（三）机构批评：20 世纪出现了许多文学批评机构，即文学奖的评奖机构。例如诺贝尔文学奖（瑞典），龚古尔文学奖（法国）等。中国现有鲁迅文学奖、茅盾文学奖，马来西亚有花综文学奖，香港有“红楼梦奖”等，这是群体性的机构批评。萨特当年所以拒绝诺贝尔文学奖，据他自己说，就是不愿意让自己“机构化”，这也可以理解为不接受机构文学批评标准。机构是人掌握的，机构主体也就是那么一批人，他们并非三头六臂，而且不可能把整个人生都献给文学批评；二是即使有此献身精神，也不可能阅读所有作品，因此，其文学批评也很“主观”，其功过总是引起争议。

（四）个体文学批评（包括专业批评与业余批评）：这是通常所说的文学批评者、文学批评家。这种批评者以文学批评为职业，以报刊、书籍（出版社）、电台、课堂、研讨会等作为平台，又往往进入文学评奖机构。今天所讲的文学批评，就是这一类型的批评。刘勰在《文心雕龙》里说“知音难求”，他所说的“知音”，也属于这类文学批评。不过，不是所有的个体文学批评家都真懂文学，有的批评者确实“眼光如炬”，但有些批评者则“眼光如豆”。

（五）时间批评（也可称为“历史批评”）。这一项文学批评指的是文学作品所经受的时间（历史）的淘洗、筛选、抉择。文学作品产生后经过五十年、一百年、数百年、上千年的时间检验，就像大浪淘沙一般，历史淘汰掉那些无价值的鱼目，把珍珠留下了，这就是时间选择或历史选择。这才是最权威的选择，我们不妨称之为“天择”或“上帝选择”。有些好作家很有自信，他们不在乎政府、大众、批评家、评奖机构的批评，只相信时间会作出公正的判断。相信几十年、几百年后他的作品还会放射光辉，因此，他按照自己的意志，面壁写作，让内心自由飞扬，而不理会外面评语，这种作家的心态最健康也最难得。

（三） 个体文学批评的两种才能

现在讲述个体的文学批评。

文学创作需要才能，文学批评也需要才能。康德区分“发明”与“发现”这两个概念，认定只有发明才可称得上天才。把这一见解运用到文学，便是文学创作（发明了作品）才算天才，而文学批评只是发现好作品，不算天才。我们非常尊敬康德，但是不认为他的每一句话都很正确。例如他说天才只在文学艺术中，不在科学中，那么，我们要问：难道爱因斯坦、牛顿不算天才吗？还有，“千里马”固然是天才，难道发现千里马的伯乐就不是天才吗？其实，文学批评也参与审美再审造，发现中也有发明。例如，俄国的著名作家冈察洛夫（1812—1891）写出了产生巨大影响的长篇小说《奥勃洛摩夫》，这当然是创造，是发明，当时年轻的著名文学批评家杜勃罗留波夫（1836—1861），所写的评论《什么是奥勃洛摩夫的性格》和《黑暗的王国》，则揭示奥勃洛摩夫这个“多余人”的性格内涵和巨大思想意义，并在俄国引起震动。连冈察洛夫本人都说，他写作时并不理解奥勃洛摩夫典型的巨大意义，是杜勃罗留波夫的深刻分析才使他有了认识。也就是说，奥勃洛摩夫的形象，有一半是文学批评家杜勃罗留波夫创造，发现，甚至发明的。

杜勃罗留波夫 25 岁时就去世了，而别林斯基也活了不到 40 岁（出生于 1811 年，逝世于 1848 年），但他们的文学批评却影响了俄国几代作家、几代人，不仅是文学界，连思想界与整个俄罗斯社会都受其影响。在 20 世纪的漫长岁月中，别林斯基、车尔尼雪夫斯基、杜勃罗留波夫这三位批评家对中国文学、美学界也影响巨大，所以中国文坛的领袖人物周扬称他们是“三个打不倒的斯基”。面对这“三个斯基”，尤其是面对别林斯基和杜勃罗留波夫这两个“英年早逝”的天才，就会明白文学批评也需要才能，特别是需要两项最重要的能力：一是艺术感觉力；二是艺术判断力。

人们通常都比较佩服古代文学的研究者，以为他们古奥博雅而有学问，而当代文学批评则比较浅近也比较容易。其实，两者各有各的难处，从事当代文学研究也绝非易事。其所以难，就因为它需要一个根本前提，即必须大量阅读作品，要跟踪不断前行的文学步伐。没有大量阅读，就无从比较，也无从评说。除此之外，还需要另一个前提，即必须具有艺术感觉。这种感觉包括艺术听觉、艺术视觉、艺术嗅觉等。好的批评家感觉非常敏锐，打开作品几页，就可以嗅到作品的基本气息，但要准确地判断，还得阅读下去，把握全篇、全书，即作品的整体。好作品除了思想内容深厚之外，还有声音、色彩、语言功夫等也跃然纸上。这是作家的“先觉”，还需要批评家的“后觉”。福楼拜说他写作《包法利夫人》时，写到包法利夫人自杀，自己也闻到砒霜的味道。这是一种魔术般的嗅觉，一种穿越时空的嗅觉。莫言的短篇《嗅味族》，写此族人的嗅觉可以闻到十里外的肉香，这可能是曾处于极端饥饿状态的莫言自己的体会。他的《透明的红萝卜》，写黑孩的肉体没有感觉，但内视觉、内听觉却发展到极致，所以他能听懂天上的鸟语与水中的鱼语，也能感觉到铁砧上刚出炉的铁条像透明的红萝卜。莫言的胜利首先是感觉力的胜利。要读懂莫言，也得有相应的艺术感觉，虽难以企及，但也需努力靠近。可惜许多批评莫言的人，既没有艺术感觉力，也没有艺术判断力，只知一些新旧意识形态教条。旧教条是“政治性”，新教条是“现代性”。

艺术判断力产生于艺术感觉力之后。有了艺术感觉，还要进行审美判断。判断力实际上是对感觉力的理性提升。感觉不等于判断。判断是在感觉的基础上对作品价值作出的评价。这里需要批评家具备两样素质：一是“胆”，二是“识”。两者缺一不可。有识没有胆，怕得罪作家，不敢把自己的真感觉说出来，这不行；相反，仅有胆而没有识，也不行，这可能会导致胡说胡评。当下的批评家，多数是两者都缺少。

（四） 文学批评的两个基本准则

文学批评有没有基本准则？有，正因为“有”，所以全人类都共同认定荷马史诗、莎士比亚戏剧、托尔斯泰的小说、曹雪芹的《红楼梦》是最伟大的文学作品。也就是说，基本准则带有人类性与普世性。

那么，普世的文学批评标准是什么呢？标准有两个：一个是文学的精神内涵；一个是文学的审美形式。

精神内涵的丰富与否、深浅与否、真实与否都是文学批评的着眼之处。有些作品行文漂亮，文采飞扬，但精神内涵如果太过苍白，那就不能成为好作品。精神内涵包括思想内涵、社会内涵、心理内涵、情感内涵等。其中特别重要的是人性内涵。我们所说的心灵要素，也是精神内涵。以往在大陆流行的文学批评标准，把政治标准规定为第一标准，这就是“精神内涵”标准狭窄化了。精神内涵里也可以有政治内容，但这是政治环境、政治事件、政治生活的人性呈现，而非政治判断，也非政治倾向。所以不能用政治正确与否作为文学批评标准。倘若以此为准绳，那就会导致把文学变成政治工具、政治号筒和政治注脚，文学就会变成非文学。

文学批评还有另一个标准是“审美形式”。有好的精神内涵还不够，还必须把精神内涵转化为审美形式。审美形式体现文学的艺术价值。它本身也具有独立的价值。然而，只有审美形式与精神内涵结合得恰到好处，文学作品才能成为一流作品。精神内涵如果缺少审美形式的支持，文学作品就可能乏味，就可能缺少感人的力量。而审美形式如果缺少精神内涵深度，文学作品就可能流于苍白，犯“贫血症”。因此，文学批评必须对文学作品进行双重考察，然后再作出价值判断。因为各个批评者所持的标准不同，批评的主观性过强，所以常会出现批评的偏差与谬误。法朗士曾说批评乃是“灵魂的冒险”，很有道理。

(五) 文学批评与经典阅读

文学批评固然需要才能与感觉，但也需要阅读，如果从事当代文学批评，更是必须天天读，月月读，年年读。大量阅读之后，才有比较，才能培养出敏锐精准的眼光。当代文学批评的困难，在于大量阅读的负累。夏衍有一本讲述电影批评的书，也介绍了他自己的经验。他的经验就是多看、比较。因为他是分管电影的文化部副部长，所以天天看电影，看多了，自然就能看出优劣高低，在比较中生长出更强的艺术感觉力与艺术判断力。

在座的都是理工科学生，虽对文学有兴趣，但文学阅读的时间有限。所以我建议大家先读中外一些文学经典。即使是文学系的学生，这一功课也要做好。因为文学经典是文学创作与文学批评最好的参照系。有《红楼梦》作参照系，什么作品什么水平，都变得一清二楚。人类世界数千年的历史，为我们留下的文学精华，就是颠扑不破的文学经典。

什么是文学经典？当代杰出的已故意大利小说家卡尔维诺曾对此作过启迪性的回答。他在“为什么读经典”的文章中（《为什么读经典》一书的首篇，台湾时报出版社 2005 年版，李桂蜜译）给经典作了十四项定义，很有趣，不妨罗列如下：

（1）经典就是你经常听到人家说“我正在重读……”，而从不是“我正在读……”的作品。

（2）经典便是，对于那些读过并喜爱它们的人来说，构成其宝贵经验的作品；有些人则将这些经典保留到他们可以最佳欣赏它们的时机再阅读，对他们来说，这些作品仍然提供了丰富的经验。

（3）经典是具有特殊影响力的作品，一方面，它们会在我们的想象中留下痕迹，令人无法忘怀，另一方面，它们会藏在层层的记忆当中，伪装为个体或集体的潜意识。

（4）经典是每一次重读都像首次阅读时那样，让人有初识感觉之作品。

（5）经典是初次阅读时让我们有似曾相识的感觉之作品。

（6）经典是从未对读者穷尽其义的作品。

（7）经典是头上戴着先前的诠释所形成的光环、身后拖着它们在所经过的文化（或者只是语言与习俗）中所留下的痕迹、向我们走来的作品。

（8）经典是不断在其四周产生由评论所形成的尘云，却总是将粒子甩掉的作品。

（9）经典是，我们愈是透过道听途说而自以为了解它们，当我们实际阅读时，愈会发现它们是具有原则性、出其不意而且革新的作品。

（10）经典是代表整个宇宙的作品，是相当于古代护身符的作品。

（11）“你的”经典是你无法漠视的书籍，你透过自己与它的关系来定义自己，甚至是以与它对立的关系来定义自己。

（12）经典就是比其他经典更早出现的作品；不过那些先读了其他经典的人，可以立刻在经典作品的系谱中认出经典的位置。

（13）经典是将当代的噪音贬谪为嗡嗡作响的背景之作品，不过经典也需要这些噪音才能存在。

（14）经典是以背景噪音的形式而持续存在的作品，尽管与它格格不入的当代居主导位置。

卡尔维诺对于经典的十四项定义，提供了认识文学经典的十四项尺度。我们可以用这些尺度选择人生的“护身符”与文学的镜子，可以自己选择，也可以和师长、亲属一起选择，还可以参考已有的选择，即阅读中外各种文学评论书籍。今天，我简要地讲讲自己的选择，也就是我认定的已阅读数十遍的中外基本经典极品，这些极品要一一列出，恐怕有百部以上。而我假设，如果上帝把我流放到月球上，并只允许我携带二十部经典，中国十部，国外十部，那么，我就只能照办，国外的作品我将携带如下十部：

（1）《俄狄浦斯王》（希腊悲剧）；（2）《伊利亚特》（希腊史诗）；（3）《神曲》（但丁）；（4）《哈姆雷特》（莎士比亚）；（5）《堂吉诃德》（塞万提斯）；（6）《欧也妮·葛朗台》（巴尔扎克）；（7）《悲惨世界》（雨果）；（8）《浮士德》（歌德）；（9）《战争与和平》（托尔斯泰）；（10）《卡拉马佐夫兄弟》（陀思妥耶夫斯基）。

中国经典则是：（1）《离骚》（屈原）；（2）《庄子》（庄子文选）；（3）陶渊明集；（4）李白诗集（5）杜甫诗集（6）李煜诗集；（7）苏东坡诗集；（8）汤显祖戏剧集（9）《聊斋志异》（蒲松龄）（10）《红楼梦》。

这 20 部之外，自然还有许多经典，例如莎士比亚的《哈姆雷特》之外，至少还有《麦克白》《奥赛罗》《李尔王》等，而这 20 部经典作家之外还有福楼拜、莫泊桑、左拉、拜伦、果戈理、普希金、契诃夫、卡夫卡及中国的三曹、李商隐、李贺等，但上帝不允许多带，只好割爱了。

除了公认的经典之外，我们在座每个同学还可以选择一些自己最喜爱的杰出作品作为自己的“亲兵”。这是我们科技大学人文学部的讲座教授李伯重先生的父亲，也是历史学教授李埏先生传下的方法。李教授一家是史学世家，李伯重老师的弟弟李伯杰也是史学家。他们的家传方法就是要选择一批“精华”（“亲兵”）作为自己的护卫（护身符）。把这些著作读熟读通读透，让它们化为自己灵魂的一部分。

第十一讲

文学的初衷

我觉得这一文学初衷可以用『有感而发』四个字来概说。诗人、散文作者、小说作家（开始时并无『家』的桂冠）开始写作时并没有当今作家那么多功利企图，只是『有感而发』。或者说，只是心灵有所需求而已。

文学返回文学的初衷，便是返回作家自身，返回文学的天性、自性、个性。

讲“文学常识”，离不开一个基本问题，即文学是怎样发生的？但是，这个问题，事实上包含两个层面的问题：一个是从历史学（也可以说是人类学）的层面提问，即作为一种历史文化现象，原始人是如何开始文学的？另一个是从文学写作即“文学创作论”的层面提问，即作为一种精神价值创造现象，作家诗人是如何开始文学创作的？我把前者界定为文学的起源，属于狭义文学发生学；把后者界定为文学的初衷，属于广义文学发生学。在我看来，前者是回答文学如何开始形成（或称“萌动”），后者才是回答“作家为什么写作”这个和我们更密切相关的问题。

（一） 关于文学的起源

这一讲的重心是讲述文学的初衷，而且我认为文学的出路在于返回文学的初衷。但是，“文学的起源”毕竟是重要的文学知识，我们也必须从历史学、人类知识学的角度给予了解。

60年代初期，我在上大学中文系的“文学理论”课时，老师就讲了四种起源说，即摹仿说（古希腊）、游戏说（德国席勒）、宗教巫术说（中西皆有）、劳动说（马克思主义经典作家普列汉诺夫等）。但突出的是最后一说，这是马克思主义的见解，也是鲁迅的见解。五十年过去了，我虽然至今还认为劳动说最有道理，但不认为这是唯一的真理。摹仿说、游戏说、宗教说、巫术说等都道破文学起源的一部分真理。我是文学起源的多元论者，不是一元论者。

关于劳动起源说，给我留下最深印象的不是马克思经典学者的论述，而是鲁迅的论说（不过，鲁迅也受到普列汉诺夫的影响）。鲁迅在《且介亭杂文·门外文谈》中说：

> ……我们的祖先的原始人，原是连话也不会说的，为了共同劳作，必需发表意见，才渐渐地练出复杂的声音来，假如那时大家抬木头，都觉得吃力了，却想不到发表，其中有一个叫道“杭育杭育”，那么，这就是创作；大家也要佩服，应用的，这就等于出版；倘若用什么记号留存了下来，这就是文学；他当然就是作家，也是文学家，是“杭育杭育”派。

这是很有名的一段话，我也很相信。但是，鲁迅在这篇文章中，除了讲述劳动起源之外，还涉及另一种起源，那是巫术起源。鲁迅也是文学起源说的多元论者，可是我的老师们回避谈论巫术。今天我也引述给大家看看：

> 原始社会里，大约先前只有巫，待到渐次进化，事情繁复了，有些事情，如祭祀，狩猎，战争之类，渐有记住的必要，巫就只好在他那本职的“降神”之外，一面也想法子来记事，这就是“史”的开头。况且“升中于天”，他在本职上，也得将记载酋长和他的治下的大事的册子，烧给上帝看，因此一样的要做文章——虽然这大约是后起的事。再后来，职掌分得更清楚了，于是就有专门记事的史官。文字就是史官必要的工具，古人说：“仓颉，黄帝史。”第一句未可信，但指出了史和文字的关系，却是很有意思的。至于后来的“文学家”用它来写“啊呀呀，我的爱哟，我要死了！”那些佳句，那不过是享享现成的罢了，“何足道哉”！

在这段话里，鲁迅描述了从“巫”到“史”又到“文”的三段过程，很有见地。最先出现的是“巫”。有“巫”才有“史”，然后才有“啊呀呀”的文学。我的老师不讲“巫”而讲“劳动”，这样比较符合马克思主义。恩格斯在《自然辩证法》一书中说，手不仅是劳动的器官，而且是劳动的产物。

劳动使手达至“高度的完善”，“在这个基础上它才能仿佛凭着魔力似的产生了拉斐尔的绘画、托尔瓦德森的雕塑以及帕格尼尼的音乐”（参见《马克思恩格斯选集》第三卷，第509—510页），恩格斯这段话讲的是艺术（绘画、雕塑、音乐等）如何发生，而真正以学术形态论述文学起源的是俄国的马克思主义理论家普列汉诺夫，他论证了原始部落劳动的歌吟节奏是由生产动作的节奏所决定的，并论证了劳动先于游戏，游戏乃是劳动的产物。普列汉诺夫的论述，出自他的《没有地址的信》（人民文学出版社在1962年出过中译本）。普氏针对的是游戏起源说。这一说的代表人物是德国的席勒与英国的斯宾塞（1820—1903），而他们之前康德就已道破过。康德在《判断力批判》（上卷）书中把艺术和手工艺加以区别。认为前者属自由之物，后者则是雇佣之具。前者带给制作者的是愉快，后者则是负担。因为前者乃是“游戏”。康德的游戏说得到席勒的充分发挥，他认为文学艺术就起源于力量过剩后的游戏。席勒的游戏说，实际上是更彻底排除文学的功利动因，所以王国维也特别支持此说。他说：

> 文学者，游戏的事业也。人之势力用于生存竞争而有余，于是发而为游戏。婉娈之儿，有父母以衣食之，以卵翼之，无所谓争存之事也。其势力无所发泄，于是作种种之游戏。逮争存之事亟，而游戏之道息矣。唯精神上之势力独优，而又不必以生事为急

者，然后终身得保其游戏之性质。而成人以后，又不能以小儿之游戏为满足，于是对其自己之感情及所观察之事物而摹写之，咏叹之，以发泄所储蓄之势力。故民族文化之发达，非达一定之程度，则不能有文学，而个人之汲汲于争存者，决无文学家之资格也。（王国维：《文学小言》，《晚清文选》，上海生活书店1937年版，第712页）

王国维的文学艺术观与康德的艺术观非常接近。他也彻底排除文学艺术的功利性，主张文学艺术乃是"无用之用"，即"无目的的合目的性"。出现在游戏说之前的摹仿说，早在古希腊时期就提出了。德谟克利特说艺术乃是起源于人对自然的摹仿。他所说的自然，主要是指飞禽走兽这些动物。他甚至说，人在许多重要事情上实际是摹仿禽兽的小学生，从蜘蛛织网，人学会了织布和缝补；从燕子筑巢，人学会了造房子；从天鹅和黄莺等鸟儿啼叫，人学会了唱歌。之后亚里士多德在《诗学》中对摹仿说作了完整的表述。他说：

一般地说，诗的起源仿佛有两个原因，都是出于人的天性。……人从孩提的时候起就有摹仿的本能（人和禽兽的分别之一，就在于人最善于摹仿，他们最初的知识就是从摹仿得来的），人对于摹仿的作品总是感到快感。经验证明了这样一点；事物本身看上去尽管引起痛感，但惟妙惟肖的图像看上去却能引起我们的快感，例如尸首或最可鄙的动物形象。……人们看见那些图像所以感到快感，就因为我们一面在看，一面在求知，断定每一事物是某一事物，……摹仿出于我们的天性，而音调感和节奏感（至于“韵文”则显然是节奏的段落）也是出于我们的天性，起初那些天生最富于这种资质的人，使它一步步发展，后来就由临时口占而作出了诗歌。（亚里士多德：《诗学》，《〈诗学〉〈诗艺〉》，人民文学出版社1962年版，第11—12页）

（二）创作的初衷：感物明志

现在我们放下历史学的探究，讲述文学创作的初衷，这也正是人类走出原始时代进入文明时代之后，文学创作的动因。我觉得这一文学初衷可以用“有感而发”四个字来概说。诗人、散文作者、小说作家（开始时并无“家”的桂冠）开始写作时并没有当今作家那么多功利企图，只是“有感而发”。或者说，只是心灵有所需求而已。“有感”之“感”，是一个极为丰富的概念，包括感觉、感动、感触、感悟、感知等，更具体地说，人因为有痛苦感、压抑感、孤独感、恐惧感、伤感、罪恶感、快感、耻辱感、发现感等感觉，所以才想表述，才想诉说，才产生写诗作文的欲望与冲动。我很喜欢刘勰在《文心雕龙·明诗》中的论断。他说：

人禀七情，应物斯感，感物吟志，莫非自然。

他说人有七情，见到眼前出现的事物景物，便寄托情思，抒发所感。这与《毛诗序》的见解相通。《毛诗序》中说："情动于中，而形于言。言之不足，故嗟叹之；嗟叹之不足，故咏歌之；咏歌之不足，不知手之舞之，足之蹈之也。"刘勰与《毛诗序》，说的都是文学的初衷。我们可以列举无数例子来证明这一点。无须寻觅孤本秘笈，我们就可以说：如果没有被放逐的压抑感，就不会产生屈原的《离骚》；如果没有被阉割的耻辱感，就不会有司马迁的《史记》；如果没有摆脱官场回归家园的快乐感，就不会有陶渊明的田园诗；如果没有国破家亡的沧桑感，就不会有李后主（李煜）的"问君能有几多愁"等卓越诗词；如果没有缅怀"闺阁女子"的孤独感与寂寞感，就不会有《红楼梦》；如果没有欠下一些女子情感债务的罪恶感，就不会有托尔斯泰的《复活》；如果没有冲破铁屋子的悲愤感，就不会有鲁迅的《呐喊》与《彷徨》；如果没有对于现实世界的绝望感，就不会有卡夫卡的《变形记》《审判》与《城堡》。

每一部好作品，作家都是有感而发，千万种作品，其动因也千种万种。每一部杰作未必只有一种感，也可能是百感交集。例如林黛玉的葬花辞，写得那么动人，其动因就是彻骨的伤感、悲感、孤独感、寂寞感，尤其是绝望感。

（三）返回文学的真诚与真实

我说文学应当返回文学的初衷，就是说，应当返回文学创作的最初理由与最初状态，那就是有感而发的理由和状态。唯此，才有真诚与真实。

但是，一个多世纪以来，文学被时代的各种潮流所席卷，已经遗忘了文学的初衷。于是，文学并非有所感而发，却往往是无所感而发，即因有利可图而发，因政治需要而发，因世俗目的而发。所谓“遵命文学”，就是自己没有什么感触、感觉，但也遵从“金钱与指挥刀的命令”（鲁迅语），即在革命的名义下作各种表态和作转达政治意识形态的文章。有人认为文学就要干预生活，干预政治，如果真有实感，那也可能写出好文章；但如果没有什么感悟而硬写，就会变成公式化、口号化的文章。所以我并不主张“文学介入”与“文学干预”。

（四）文学是“活下去”的需求

文学“有感而发”，乃是出自生命的需要而发，即出自心灵的需要而发。前几年我完成了《红楼四书》后，特写了一篇序文，说“四书”并不是研究，而是心灵的诉求，即不写就不痛快，就不快活。我把自己比作萨珊王国那位宰相的女儿，那个讲述《一千零一夜》故事的女子。她的讲述只是生命的需求。萨珊国王因皇后与一个奴隶通奸而仇恨一切女子，因此，每一位他娶的女子在过夜后便杀掉（让她没有通奸的机会）。宰相的女儿为了阻止国王的行为，自愿嫁给国王，并讲述极为精彩的故事，但总是不讲完。国王听得津津有味，因为没有讲完，就不杀她，留着第二个夜晚继续讲，结果讲了一千零一夜即一千零一个故事。这位宰相的女儿就是作家，她的讲述不是为了权力、财富、功名这些外在目的，只是“活下去”的需要。讲得好才能活下去，讲述没有其他功利目的，只是生命的需求。这便是文学的初衷。

宰相的女儿是有感而发，是因为生命之需而发。如果她怀的是另一种目的，如为了当上女状元而发，或为了向国王献媚而发，她的故事就未必讲得这么精彩。为当状元而发，是“有用而发”；为生命而发，才是“有感而发”。文学如果为政治所“用”，就会变成政治的奴才；如果为市场所用，就会变成市场的奴才，唯有为自己的所思所感而发，才会变成自己心灵的一部分。所以文学返回文学的初衷，便是返回作家自身，返回文学的天性、自性、个性。

关于文学的动因，20 世纪流行过弗洛伊德的“性压抑”说。这一说法，既可放入广义文学发生学，也可放入狭义文学发生学。即可以给摹仿说、劳动说、宗教说、游戏说之外，再加上一个“压抑说”，让文学起源说又多了一元。但也可以以此来解释文学创作的直接动因，许多作家诗人确实为释放被情欲压抑的苦闷而创作，弗洛伊德所以很受西方作家欢迎，就因为他道破了文学发生学的部分真理。但在东方，至少在中国，许多伟大的作家诗人，他们所以创作，并不是因为“性压抑”，而是因为“良知压抑”，他们把良知被压抑（良知不自由）视为最大的痛苦，比如杜甫、苏东坡、鲁迅，皆是如此。我们现在许多优秀作家诗人，其创作动因主要也缘于“良知压抑”而非“性压抑”。

还有许多作家诗人，其写作更有其他动因（初衷）。有的因耻辱而发愤，比如司马迁；有的因离恨（孤独）而吟哦，如屈原；有的为了摆脱饥饿而创作，如我国当代著名作家莫言。莫言说偶尔听人家讲，作家可以每天吃饺子，这种诱惑成了他写作的动机。莫言还说，他的每部作品虽“迥然有别”，“但最深层的东西还是一样的，那就是一个被饿坏了的孩子对于美好生活的向往”。每个作家的写作初衷都有具体性与独特性，但都有所感，有所悟，有所追求。并非无病呻吟，也并非皆出自一种原因。

第十二讲 文学的潜功能

文学教育本是一种美感教育。

其他教育乃是『知性教育』，即通过『知觉』而实现教育目的，而文学教育则是通过『自觉』即心灵的感悟、觉悟实现目的。

在第六讲（“去三腔与除旧套”）中，我们批评过“教化腔”（即道德说教）。那么，文学是不是就没有“教育”的可能？或者说，就没有包括教育的社会功能呢？

我的回答是“可能”的。但是，20 世纪，文学“教育功能”的名声被搞坏了，现在说起教育功能，人们就皱眉头，就反感。这不能怪大家，因为 20 世纪文学的教育功能因被过分强调而变质了。其变质，表现在三方面：一、把教育功能蜕化为政治宣传；二、把教育功能蜕化为思想灌输；三、把教育功能蜕化为道德说教。

（一） 文学功能的隐秘性

文学教育本是一种美感教育。蔡元培先生提出“以美育代宗教”的主张，我们所以会接受，就因为用美感教育取代宗教灌输是可能的，可取的。美育扬弃宗教的偏执，更富有情感的普遍性。美育的内容包括用音乐、美术、电影、戏剧等艺术方式感染学生，也包括用文学的诗歌、词赋、散文、小说启迪学生。倘若确认美育的可能性，那就应当确认文学教育功能的可能性。

现在大陆版的《文学概论》教科书，也深知“教育功能”的名声不好，所以往往回避讲解教育功能，即使讲了，也不敢理直气壮，仅仅放在文学的接受机制中轻轻带过。然而，讲述文学常识，却不能不面对这个根本问题，所以，我们今天要理直气壮地作出如下答问：

问：文学有没有教育作用？

答：有。

问：文学的教育功能有什么特点？

答：文学教育功能是潜功能，不是显功能。是转移性情的广义教育，不是改造立场，改造思想的狭义教育。

问：什么叫作“潜功能”？

答：潜功能是通过潜移默化、陶冶性情达到“教育”的目的。这是中外文学公认的方式。

问：潜功能与显功能的差别是什么？

答：显功能实际上是宣传，潜功能则是默传。默传即“只可意会，不可言传”（《红楼梦》语）。因此，潜功能也可以说是隐蔽功能。

问：是浅隐蔽还是深隐蔽？

答：隐蔽得愈深愈好，隐蔽得毫无痕迹，如盐溶在水中，那就更好。文学引导人们向真向善向美，这是永恒的道德导向。伟大的文学作品肯定具有星辰般的道德、心灵和良知取向，这些指向、取向、方向，都带隐秘性，即都深深地隐藏在作品深处。

（二） 文学的“净化”功能

文学教育功能既然是一种潜功能，那么，它又如何实现这种功能呢？关于这点，中外杰出的文学思想家提出了许多精辟的见解，最早最著名的思想是亚里士多德的“净化”说。见于《诗学》与《政治学》中。在他的学说系统中，所谓“净化”，乃是怜悯情绪与恐惧情绪的解脱。这是一种悲剧效果，即人们在观赏悲剧之后，获得一种快感，与此同时，怜悯情绪与恐惧情绪也得到补偿与缓解。“净化”是当时医学上的概念，亚里士多德天才地把这一概念移用到悲剧效果和艺术效果上，十分恰当。亚里士多德谈论音乐时，说音乐具有四重功能：娱乐、道德教育、养性和净化。事实上，净化里也包含着潜在的道德教育。两千多年前，亚里士多德提出“净化”概念时，尚未充分地阐释“净化”的范围。今天，我们可以把“净化”的内涵加以扩展，确认文学不仅有情感净化的功能，而且有道德净化的功能；人性中的种种弱点，自我实践中种种恶的可能性，都可以在文学艺术面前得到净化，得到解脱。例如我在《贾宝玉论》中说贾宝玉身上没有普通人难以消解的人性弱点，例如没有仇恨的心理机能，也没有嫉妒、贪婪、猜忌、算计等机能。如果我们的心灵被贾宝玉的心灵所打动，就会净化仇恨、嫉妒、贪婪这些情绪。而这，也可以说是我们就默默地受到“教育”。

我们在现实生活中其实没有自由。没有情爱的自由，没有婚姻的自由，没有逍遥的自由，没有独立的自由，没有言说的自由，没有沉默的自由，等等；而且每天还要为生存奔波，非常辛苦，往往不堪重负。然而，人们虽身负重担，却不想自杀，仍然留恋生活，为什么呢？就是因为我们人生中还有许多美好的瞬间，而文学艺术就提供给我们这种瞬间。我们在观赏文学艺术的瞬间中体会到自由和快乐，这就是幸福。在瞬间中我们的感情得到安慰、净化和解脱，甚至得到提升，这正是文学的功劳。人类几千年来经受那么多苦难，其神经所以不会断裂，对人生所以不会绝望，文学起了很大作用。而最根本的作用就是让人类的痛苦、忧虑、恐惧在审美中得到净化，得到解脱。

（三） 文学的“警示”功能

亚里士多德的“净化”功能，固然说得好，但主要是指悲剧与音乐，并不能囊括文学的所有功能。“净化”功能重在解除人的忧虑与恐惧并达到精神解脱的目的。但有些文学作品并不能安慰人，也不是想让人解脱，而是给人敲警钟，甚至让人带来某些恐惧，并由此反省自己的行为，警惕自己的堕落，这叫作“警示”功能。例如但丁的《神曲》，这首长诗分《地狱》《炼狱》和《天堂》三部，每部三十三首歌，加上序曲，共一百首歌，计一万四千余行。“地狱篇”写得最好，“天堂”恐怕没有多少人走进去。《神曲》描述地狱的形状如同漏斗的深渊，共有九层。罪人的灵魂按生前罪孽的轻重被安排在不同的层面上接受惩罚。这是“罪与罚”的逻辑结构。第一层是候判所，那些出生于基督之前、未受过洗礼的异教徒，在这里等候上帝的发落。第二层至第五层，分别是好色之徒、疯狂吃喝之徒、贪婪挥霍之徒、生性暴虐之徒以及邪教徒，这些罪人分别遭受风雨与烈火的打击与煎烤。第七层里的强暴者、自杀者与亵渎上帝的狂妄者在血湖、火雨、热沙中受尽折磨；而第八层最可怕，地狱像口大井塌陷下去，沿壁的十个深沟拘禁着十类恶人：诱奸者、伪君子、教唆犯、阿谀者、窃贼、贪官污吏及品质恶劣的挑拨离间者等。第九层，三副面孔的撒旦站立在冰湖中心，正在咬啮叛徒犹大和几个罪人。但丁说这层罪人背信弃义，猪狗不如。1962 年，我在厦门大学中文系读书，倾听郑朝宗老师讲解西洋文学史，每堂课都让人听得津津有味，至今，我还记得他说，但丁把他最痛恨的人都安排在第八层，其中有些还是当时尚存人世的权贵，连教皇逢尼法西八世，但丁也给他留了个位置，准备让他头朝下脚向上地栽在地穴里。而“炼狱”（也叫净界）则是罪孽较轻的鬼魂修炼之处。也分九层，海面上有一层沙滩，沙滩上有座七层的环形山，分别住着“骄、妒、怒、惰、贪、馋、色”七种罪恶的灵魂。每一层鬼魂都分别用不同的方法自我抑制与自我克服。环形山九级，灵魂每洗掉一种罪过，就往山上升一级。完全洗净时便可进入山巅的乐园。但丁的《神曲》问世后在意大利引起强烈反响，六百年来，不知震动和挽救了多少人的灵魂。很明显，这部长诗的社会功能，不宜用净化来描述。它对世人乃是起了一种警示作用。这与佛教恶有恶报的思路相通。但佛教是通过说教来传达其观念，《神曲》则诗意盎然，毫无说教味道。它通过想象、隐喻、激情，给全人类作了一次气势磅礴的诗意警示；也可以说，作了一次惊心动魄的“善”的教育。直到今天，我们阅读时，还能听到其警钟的长鸣，警惕自己别掉入黑暗的深渊。

(四) 文学的“范导”功能

如果说，净化还带有“消除”，警示还带有“劝解”等消极意味的话，那么，文学还有一种更积极的功能，就是“范导”功能。

范导功能，也可以说就是提升功能，灯火照明的功能，鲁迅先生在《论睁了眼看》(《坟》) 里说：

> 文艺是国民精神所发的火光，同时也是引导国民精神的前途的灯火。这是互为因果的，正如麻油从芝麻榨出，但用以浸芝麻，就使它更油。倘以油为上，就不必说；否则，当参入别的东西，或水或硷去。中国人向来因为不敢正视人生，只好瞒和骗，由此也生出瞒和骗的文艺来，由这文艺，令中国人更深地陷入瞒和骗的大泽中，甚至于自己已经不觉得。世界日日改变，我们的作家取下假面，真诚地，深入地，大胆地看取人生并且写出他的血和肉来的时候早到了；早就应该有一片崭新的文场，早就应该有几个凶猛的闯将！

鲁迅说文艺可以成为“引导国民精神的前途的灯火”。很明显，他是确认文学具有引导功能的。引导，当然比“净化”与“警示”更积极。现在，我们的问题是要不要确认文学真的具有这种引导功能，即如灯火那样，具有照明国民精神的功能。倘若确认，那么这种引导功能，就正是一种隐蔽的、广义的教育功能。

鲁迅那个时代，由于国家兴亡和社会合理性问题全都逼到作家面前，再加上国民不觉不醒，“国民劣根性”对国家进步产生巨大的障碍，所以作家们都成了广义的“左翼”，即使不是左翼作家联盟的成员（如巴金等），也都把文学当成照明人间的“灯火”，他们几乎都在不同程度上确认自己是普罗米修斯式的“盗火者”，只是盗的火有些不同（有的盗“马克思”之火，有的盗“克鲁泡特金”之火，有的盗“洛克”、“卢梭”之火等）。这个时代，文学也确实起了巨大的引导功能。可惜，这种引导功能全被理解为引向革命、引向牺牲、引向战场的标签。而理解为引导心灵向真善美的作家与思想者反而非常少。其实，文学的引导功能，重心是在后者，而非前者。前者把文学当作革命的旗帜，时代的号筒，战斗的鼓手，甚至是前线的炸弹与大炮，讲的是旗帜鲜明、立场坚定、所向无敌等，后者讲的则是潜移默化，细水长流，点点滴滴。我肯定文学具有引导功能，强调的是后者。所以我才把“引导功能”改为“范导功能”。改动乃是为了避免文学又变成政治导引的风雨表与方向盘。“导引”一词已变成政治话语了，所以还是用“范导”这一中性词汇比较好。综上所述，可以肯定，文学是具有范导功能的，正如读了雨果的《悲惨世界》，心灵一定会被主角冉阿让和那位被一束目光照在脸上的神父（其实是主教）所感动，一定不会忘记苦役犯冉阿让撬开壁橱偷了银器逃跑被警员抓回主教家里时的瞬间，在那个瞬间，主教迎上来说：“你回来，我很高兴。那支烛台你为什么不一起带走？那也是银的，我也送给你了。”主教转过身对警员说：“是呀，这些银器是我送给他的，他昨夜在我这里住了一宿。你们误会了。”因此，警员才放了冉阿让。主教的行为让冉阿让从此变成一个伟大的慈善家。主教拥有最高的精神境界，最高的道德精神，但他不是说教，而是在关怀，在导引。他显然“教育”了冉阿让，但没有任何“教育相”，也没有任何教师腔。这就是文学，这也是文学永远打不倒的教育性范导功能。

㈤ 文学诸功能中的“心灵自觉”

通过以上讲述，我们可以认识到，审美代宗教是可能的，肯定文学具有教育功能并没有错。但是，正如前面所言，文学的教育功能容易变质，容易朝着政治方向而发生“伪形化”，对此必须警惕。此外，还得分清文学教育与其他类型教育（包括政治教育、道德教育、知识教育）的巨大区别，这就是其他教育乃是“知性教育”，即通过“知觉”而实现教育目的，而文学教育则是通过“自觉”即心灵的感悟、觉悟实现目的。徐复观先生在《心物与人性》书中分清了“三觉”，这就是对于物质的感觉、生命的直觉和心灵的自觉。所谓“心灵的觉悟”乃是自觉，即出自内心，从自己的内心深处接受崇高的情感和人间的真情。一旦接受，就根深柢固，坚定不移。文学教育作为美感教育的一种，仰仗的是“心灵自觉”这一机制。

第十三讲

文学与自然

如果说，西方文学『人与自然』的关系基调是『征服』的话，那么，中国文学人与自然的关系基调则在于『和谐』。

因为融入大化（大自然）中，所以就不喜也不惧，泰然自乐，既可保持自己的理想情操，又可获得心灵的自由与平静。

（一）“自然”的若干内涵

从这一讲开始，我将讲述与文学最为密切的十种关系，通过这个角度，让大家更深地理解“什么是文学”，并区别西方与东方流行的“文学论”教科书，让大家更好更快进入文学世界。

我要讲的十项关系包括：“文学与自然”、“文学与宗教”、“文学与自我”、“文学与政治”、“文学与道德”、“文学与人生”、“文学与天才”、“文学与文化”、“文学与艺术”、“文学与状态”等，这一课先讲“文学与自然”。

自然通常分为内自然与外自然。内自然是指人类的体内自然，即情欲、潜意识等；外自然是指天地江海草木禽兽等大自然，不包括宇宙想象。我们要讲述的是文学与大自然即外自然的关系。

自然还有一重意思是道家（老子、庄子）所说的自然，即自然性、自然律、自然法度、自然风格等，这是哲学意义上的“自然”，这也不是我们讲述的对象。

（二）西方文学中“人与自然”的“征服”基调

说起“文学与自然”，我们可能首先会想到给予我们强烈印象的西方文学中有关自然的经典作品，如梅尔维尔的《白鲸记》、杰克·伦敦的《野性的呼唤》、海明威的《老人与海》及《乞力马扎罗的雪》，还有福克纳的《熊》等精彩名篇。

《白鲸记》的英文名叫作*Moby Dick*。Moby Dick（莫比敌）是白色巨鲸的名字，这是一条神奇的海上庞然大物，也是大自然力量的象征。它喷水时，“圆拱拱像座雪山似的”。《白鲸记》中的主人公亚哈船长想要征服的就是这条鲸鱼。他所以选择这个对手，一是因为这条巨鲸曾经咬断过他的一条腿，使他变成“跛子”。他不能放过一个吞掉他一条腿的怪物。除了报复的强烈欲望之外，还有一个原因是他的性格。他的个性无比刚强，连形体都显示出这种特征。“他整个又高又宽的形体好像青铜制品，摆在不可更改的模子里塑成，就像希腊神话的英雄帕修斯雕像。”尤其让人印象深刻的是，他身上还有一道古铜色的疤痕，这条疤痕从青发里伸出，一直顺着“茶褐色的枯萎颜面和跛子”往下伸延，最后消失在衣服里。谁也不知道这条伤痕从哪里来，只知道伤痕里一定蕴藏血腥的故事。

亚哈船长募集了许多年轻的水手，和他一起到海上去冒险、去征服白鲸，他把一枚十六元的金币钉在桅杆上，奖励第一名发现白鲸的人。他还举行复杂的酒式，然后对着大海吼叫："杀死莫比敌，我们若不追击莫比敌到死，上帝会追击我们大家。"在他心目中，与莫比敌较量，不仅是与一条鲸鱼较量，而且是与大海、大自然较量，最后又是与上帝较量。

驶向白鲸，冲向白鲸，最后亚哈船长的"匹科德号"船终于与白鲸相遇。船上三十个船员同仇敌忾，与白鲸展开了一场殊死的搏斗。一天，两天，三天。头两天打不过莫比敌，第三天进入决战。亚哈船长满怀信心地说，这一天白鲸将喷出最后一口水。然而，莫比敌用巨大的头颅撞裂右舷的船头，大船抖了几下，水由撞裂的缺口涌进来。巨鲸还潜到船下面，并游向亚哈船长的艇。亚哈第二次投掷鱼叉，可是被绳索缠住了，他弯下身去解开。就在这个时候，他的脖子四周被猛然一击，即刻被扫下了船。绳子末端的环眼结很重，拖着整条绳子往下沉，亚哈也被拖进水里淹死了。随即，"匹科德号"也沉没在浪花之下。这一场人与巨鲸的战争，终于以莫比敌的胜利而告终。

《白鲸记》于1851年出版。过了整整一百年，美国又出了一部人与大鱼在沧海中搏斗的名著，这就是写于1952年的海明威最后一部小说《老人与海》。老人是古巴老渔夫桑提亚哥，他已经八十四天没有捕到鱼了。人们都在嘲笑他。只有一个名叫马诺林的孩子跟着他。马诺林给他弄来一点饭，老人吃完就入睡了。在梦中，他梦见非洲海岸上的狮子，可见这位老人的灵魂还是充满征服的力量。第二天，老人独自出海。在海的纵深处，终于有一条大鱼咬住诱饵与鱼钩。它咬住不放，甚至拖着渔船，游了整整一个白天。夜幕降临了，老人仍然紧紧地拉住钓绳。一个倔强的老渔夫，一条倔强的大鱼，就这样相持着。第二天早晨，老人开始感到疲倦，手也被勒出血，但仍然坚持。到了第三天，老人已累得筋疲力尽，大鱼还在不断打转。老人最后用鱼叉刺穿大鱼的心脏，把大鱼捆在船边，开始返航。但他很快就发现成群结队的鲨鱼追来，老人杀死了一条，却招来了更大群的鲨鱼，老人又与鲨鱼们展开了一场搏斗。到了第四天清晨，老人的小船终于划进了港口。这时，他才发现，大鱼只剩下骨架。以往阐释这部小说，都赞扬小说有个哲学意味的结局。这个结局告诉人们，老人在海上与大鱼的搏斗，其结果是空的，但老人的快乐都在搏斗的过程中，即力量就对象化在对大自然的征服过程中。这个阐释很美很深刻。但我们也可以作另一种阐释，这就是人类在征服大自然的进程中，即使是胜利者，这种胜利也是虚无的。

《老人与海》虽然也写人与大自然（鱼）的较量，但已不像《白鲸记》那样（人对大鱼充满仇恨），而是人（老人）开始敬佩那条不屈不挠的死咬着钓饵的鱼。小说中有这么一段描写：

“鱼啊”，老人温柔地自语，“我要和你厮守到死哩。”

它也会和我厮守到底，是的，老人想。

“鱼啊”，他说，“我十分爱你，也十分尊敬你。但是在今天结束之前，我一定要杀死你。”

让我们抱着这样的希望吧。

这段描写象征性极强，我们甚至可以视为西方精英对大自然的态度在调整，文学与自然的关系基调在“调整”。这之前，基调是想“杀掉它”，现在则是在较量中有敬有爱有共同的希望。另一篇著名小说《熊》（福克纳）也表现出同样的基调变化。福克纳是20世纪继海明威之后获得诺贝尔文学奖的美国里程碑似的作家。他的小说《熊》写艾克·麦卡士林在原始混沌世界与现代文明世界交接年代的人生经历。这个经历也是艾克返回大自然的过程。他原是一名勇敢的少年，其“成人仪式”是通过他亲手杀死一只公鹿后，让别人把鹿血涂在他的额头上完成的。从此，他就与大自然结下不解之缘，他经常跟随表兄和镇上的猎人到镇外的原始森林里打猎，练就一身高强的本领。16岁那年，他进入森林，去朝拜那只从小就听说的、传奇性的神秘大熊——猎人们奉为自然之神的“老班”。最后在山姆（曾是奴隶的狩猎能手，不属于社会只属于大自然的奇特印第安人，艾克的精神导师）的指引下，抛弃了指南针、手表和枪支等现代文明的产物后，老熊才像神那样突然出现。这只熊最后被印第安混血儿霍根里克和一条叫作“狮子”的杂种狗杀死。两年后，艾克重返大森林，发现那个大自然的世界面目全非。原来杀死大熊的霍根里克因在新的文明秩序里无所适从而神经有点错乱了。而他自己又发现，他可以继承的祖业，原来是一本血泪账，他的祖父大庄园根本就是个血泪园（祖父霸占了一个黑人女子，与她生了一个混血女儿，其女儿长大后又成了他的新情妇，黑人母亲受不了屈辱，终于投河自尽）。艾克亲眼看到现代文明的无耻，决定放弃可继承的财产而选择用“自然法则”开始自己的“木匠”人生。福克纳这部小说很有思想深度，它告诉读者：以牺牲大自然为代价的文明之路是黑暗的，人类在通向现代文明的道路上不可遗忘自然法则。

（三） 中国文学中“人与自然”的“和谐”基调

应当说明的是，我们在界定“征服”基调的时候，说的只是“基调”，并不是说，这基调就没有崇尚自然的作品。例如，与《白鲸记》（1851）差不多同时代，就产生过梭罗的《瓦尔登湖》（1854），而梭罗的老师爱默生更是一个鼓吹“自然乃是精神之象征”的大思想家。如果说，西方文学“人与自然”的关系基调是“征服”的话，那么，中国文学人与自然的关系基调则在于“和谐”。中国的大文化，以“天人合一”为理想，“天”即自然。大文化以天人和谐为理想，表现在文学中也是这一理想。中国的山水诗、山水画全是这一理想的投射，只不过是不同的诗人画家投射的文化精神有所区别而已。

从整体上说，先秦时期，山水诗投射的是儒、道两家文化的精神。儒家以山水作为道德精神的象征。孔子说，“智者乐水，仁者乐山”，“为政以德，譬如北辰，居其所，而众星拱之”。《诗经》和《楚辞》中呈现山水之美的诗有一些就蕴含着儒家精神。与儒家不同，道家的重心是强调人与自然的和谐，是人在自然中获得逍遥（自由）与解脱，其快乐在与大自然的交往中实现。《庄子·知北游》说：“山林与，皋壤与，使我欣欣然而乐与！”庄子不像孔子那样在山水中寻找道德资源，而是直接从大自然中争得纯粹的审美享受。庄子这种“人与自然”和谐共处基调，对后世文学产生了巨大影响。到了汉代，道家的自然美甚至成了神仙的居所，观赏自然山水之美成了当时名士的品性和超越世俗的手段。到了东晋，又进一步融佛于玄，把“以玄对山水”变成“以佛对山水”，孔子的“智者乐水，仁者乐山”，其智者、仁者也涉及佛教的信徒。

中国文化这种“人与自然”的和谐传统，造就了中国文学史上许多卓越诗人如李白、柳宗元、王维、孟浩然、岑参、寒山等。最伟大者，要属陶渊明。陶渊明生于西元 365 年，死于西元 427 年。他最著名的《归去兮辞》写于 41 岁。这是他逃离政治、回归自然的诗情宣言。这首诗的象征性极强。它象征着中国作家赢得了一种划时代的觉悟，明白阳光下最美的生活是与大自然融合为一的生活。“人与自然”的关系比“人与社会”的关系更有价值，这种关系单纯、质朴，但更美更有诗意。离开大自然，就不是诗意的栖居。陶渊明很了不起，他发现人世间最美最有诗意的处所并不在显赫的官场，也不在于繁杂的人际，而是在人们习以为常的、最平凡的田园农舍中，和不用金钱购置的、充满阳光的“大化”（大自然）之中。因为融入大化（大自然）中，所以就不喜也不惧，泰然自乐，既可保持自己的理想情操，又可获得心灵的自由与平静。人生如何得大自在大快乐，陶渊明给他的后世知音以极大的启迪。

（四） “人与自然”文学基调的变迁

前面已讲过，西方 20 世纪文学出现的“人与自然”主题，其基调已悄悄发生变迁。除了《老人与海》和《熊》透露出消息之外，还有一些作品也在呼应卢梭的“回到大自然中去”的哲学。在海明威与福克纳之前，就有杰克·伦敦的《野性的呼唤》（写于 1903 年）。这是一篇关于狗的故事。小说主人公讲述了一只狗如何逃离人类世界，而返回大自然，并成为群狼之首的故事。这只名叫“布克”的狗勇猛强悍，本是南美洲一个法官的宠犬，后来被狗贩子用诡计诱捕，卖给一群流氓，经过训练又转卖到淘金者手中。这只狗在训练中被打得死去活来，最后成了一只雪橇主力狗。这群在雪地负重奔波的狗白天常为了争夺一点可怜的食物，互相厮咬，夜晚常为了争夺帐篷外一个避风的雪洞而疯狂搏斗，食睡之外就是无休止的奔跑。恶劣的环境和繁重的劳动，使这群拉橇狗还未到达目的地就死了一半。所有的狗都只是有生命的、被奴役的工具。但没有任何一只狗意识到这一点。唯有“布克”觉悟了，它终于拒绝这种被奴役的狗生活，逃离人间，奔向大森林，恢复自己的野性而成为狼的首领。这篇小说一直被视为杰克·伦敦的精神自传。这是他对现代社会的绝望宣言，绝望之后的希望就是大森林、大自然。这一作品的主题与基调已不是征服大自然，而是返回大自然。

20 世纪的中国文学反而在大思路上发生了错乱。陈独秀所发布的五四新文学运动的宣言性文章《文学革命论》，在提倡写实文学、社会文学的同时（这是对的），错误地把“山林文学”当成革命对象，完全抛弃人与自然的“和谐”传统。但是，那时并未对山林文学展开大规模的批判，而其代表性诗人郭沫若在《女神》中仍然讴歌大自然，讴歌地球，深情地呼唤“地球，我的母亲”。可是到了 1958 年，他却呼唤人们“向地球开战”了。在他与周扬合编的《红旗歌谣》中，选择了许多征服自然的作品，如“与北风斗狠”、“大海我们填”、“人心齐、泰山移”，呼唤“劈开地球找珍宝”。其基调乃是“与天奋斗，其乐无穷，与地奋斗，其乐无穷”。从那时候起，中国现当代文学也就丧失了与自然对话的和谐维度了。

第十四讲

文学与宗教

文学之核是人性本体论，宗教之核是神明本体论。或者说，文学讲人主体，宗教讲神主体。文学的主角是人，宗教的主角则是神；人有缺陷，神则完美。

这一讲，我们要从“文学与宗教”的关系视角，来看中国文学与西方文学在精神内涵方面的巨大差距。这个角度才是中西文化比较也是中西文学比较最根本的角度。

(一) 文学与宗教的共同点

首先，我们还是要超越中西的地理差异而看看文学与宗教的基本异同点。先说共同点。我认为，共同点有四个方面：

（一）文学与宗教都是情感的存在形式。周作人很早就讲述过这个问题。他在“圣书与中国文学”（收入《周作人自编文集》的《艺术与生活》集子中，1936年12月，中华书局出版）一文中说，基督教讲爱，爱就是上帝，上帝就是爱。上帝住在爱里面，主张爱一切人，宽恕一切人。《圣经》就是“爱经”。宗教以爱为出发点和归宿，没有爱，就没有宗教。

爱也是文学的出发点，没有爱就没有文学。理性主义者会质疑：哪有那么多的爱。在理性领域里，确实没有那么多，但在宗教与文学领域里，则很多很多，多得泛滥，所以才产生浪漫主义，产生拜伦。我们可给周作人作点补充的是，虽然都是爱，但基督教讲的是圣爱，即上帝之爱，并认定这是一切爱的源泉，而文学所讲的爱虽也有圣爱（尤其是西方文学），但更多的是人间爱，即情爱、父爱、母爱、友爱等。文学讲爱，宗教则强调慈悲。慈悲包含着爱，但又不同于爱。慈悲爱一切人，宽恕一切人，而爱则往往是自私的，嫉妒的，排他的。爱与慈悲并不相等。伟大的文学家都向上帝靠近，也讲慈悲之心，也同情世俗眼中的所谓“恶人”。

（二）文学与宗教都是心灵的存在形式。作家可以是无神论者，可以不信教，不必有宗教信仰，但一定要有宗教情怀，即宗教心灵，用中国的民间语言说，便是一定要有菩萨心肠。钱钟书先生在《谈艺录》里引用诺瓦利斯（Novalis）的话说：“真诗人必不可失僧侣心，真僧侣亦必有诗人心。”（《谈艺录》，北京：三联书店，第674页）我们常听到“上帝存在或不存在”的争论。其实，说“上帝不存在”与说“上帝存在”都对。两者是一对悖论。说“上帝不存在”，对，因为你无法用逻辑和经验证明上帝的存在；说“上帝存在”，也对，因为只要把上帝视为心灵，它就存在。

因为都是心灵形式，所以两者都向往真、善、美，否定与“真善美”相反的人性弱点，如人性中的傲慢、偏见、嫉妒、虚伪等。但文学虽然也否定，却努力呈现人性的真实。它不仅呈现人性的优点，也呈现人性的弱点。宗教往往谴责人性的欲望，但文学却承认欲望的权利并以中性的态度描写欲望。

（三）文学与宗教追求的都是启迪性真理，不是实在性真理。唯有科学才追求实在性真理。实在性真理仰仗的是逻辑与经验。而文学与宗教则往往反逻辑，尤其是宗教，它更是崇尚先验。

（四）文学与宗教都具有超越性，宗教不仅超越现实经验，而且超越现实人性而进入神性。没有神性，便不是宗教。禅宗其实是无神论者（没有基督教那种人格神），但承认有神性。文学则往往通过想象超越现实时空而进入无限自由时空。因此，文学与宗教实际上都在追求一种高于现实境界的精神境界。这一境界，有时被命名为宇宙境界，有时被命名为天地境界，有时被命名为“澄明境界”，有时被命名为“审美境界”。因此，可以说文学也追求某种意义上的神性。

（二） 文学与宗教的不同性质不同归宿

文学与宗教又是完全不同的两种存在。其性质完全不同。

文学之核是人性本体论，宗教之核是神明本体论。或者说，文学讲人主体，宗教讲神主体。文学的主角是人，宗教的主角则是神；人有缺陷，神则完美。我说《红楼梦》里的贾宝玉是“准基督”，而不说他是基督，因为他有人的缺点，是一个世俗世界的花花公子。莫言的《红高粱》里的英雄，同时又是土匪，“最美丽又最丑陋”，“最英雄好汉又最王八蛋”。

我们说文学与宗教都是情感，都是心灵，但两者的情感归宿与心灵归宿却很不相同。

从情感上说，宗教情感总是归于“一”，即归于一个方向，一个巨大理念：或归于上帝，或归于基督，或归于释迦牟尼，或归于安拉和穆罕默德，这些都是绝对的“一”，即绝对的“终极究竟”。而文学则归于“多”，即归宿和展示为情感的多元：或归于亲情，或归于恋情，或归于友情，或归于世情，或归于悲、喜、欢笑与歌哭，千种万般，变幻无穷。如果文学归于“一”，那么，这种文学一定是失败的文学。宗教情感最后归结为宗教理念，所以走向信仰。而文学情感最后则归结为复杂人性，所以走向审美。也因此，文学只有形象（众多形象）而没有偶像，更没有偶像崇拜。中国当代文学有一段时期整体堕入陷阱，即将丰富的人物形象蜕化为“高大全”偶像的乏味泥潭。文学与宗教这一根本区别，反映在外部形式上就是宗教必须具有宗教仪式，而仪式总是一律化。中国没有典型的宗教，所以也没有相应的宗教仪式。儒家也不能篡改宗教，顶多只能将其半哲学半宗教化。康有为曾经策划孔教会，设置多种仪式，企图把儒家宗教化，却未成功。文学不讲究仪式，但一定要有审美形式。因此，我说文学的三大要素是心灵、想象力、审美形式。审美形式千姿百态，每个好作家都会寻求属于自己的独特形式。作家最怕重复他人和重复自己，最怕公式化与一律化。如果说宗教是讲“认同”（认同一个绝对精神与绝对理念），那么文学恰恰反其道而行，它总是追求“特异”，尽最大努力避免认同与雷同。

除了这一根本差异之外，作家的创作实践还有以下三点与宗教实践完全不同：

（一）文学只讲“旅行”，不讲“到达”。这是弗吉尼亚·沃尔芙说过的话。这是文学的真理。文学只描述过程，它不像宗教那样，总是在叩问终极究竟即终极真理。宗教总要指明“彼岸”、“结果”、“涅槃”、“天堂”等，这实际上是一种封闭性的完成。而文学则永远是个未完成，永远都在“旅行”中，即永远都在过程中。高行健的《灵山》所以是文学的灵山，就因为它永远找不到，永远无法抵达。重要的是寻找过程和此过程中的心理心情心绪等。而宗教则一定要说明“灵山”是什么？灵山在哪里？灵山上的诸神是谁？总之，宗教重终极，重天国、重皈依，而文学则是重旅行、重人间、重过程。文学只知道通向伟大，并不知道伟大在哪里，所以，文学比宗教更具开放性，即更多情感的出口。

（二）文学不重“到达”，但重视“表达”。因此，文学与宗教的实现手段也就不同。总的说来，宗教重觉悟，文学重呈现。宗教可视为教育学，总是教人如何悟道，如何觉悟，如何找到心灵最后的依托，即心灵最后的存放之所、归宿之所。各种宗教都有觉悟与皈依的确定性。而文学没有确定性，它所描述的人性是暂时的，流动的，瞬间的。所以宗教只告诉你应当相信什么，依靠什么，心灵应当交给谁，这就是觉悟。一旦觉悟，便是到达，便是目的，它不要求描述，即不要求诉诸文字。一旦诉诸文字，反而失去神秘。禅宗为了让人守持神秘体验，甚至要求信徒不立文字。而文学则一定要描述，要呈现，要诉诸语言文字。

（三）宗教一般不要展示主体的清晰形象。上帝是什么样？至今我们还是模糊。基督是什么样？画中的基督各种各样，我们也只能作模糊选择。伊斯兰教的真主阿拉，其形象更是朦胧。佛教中的“如来”也是各种各样，没有一个确定的可以明晰展示的形象，从根本上说，神的形象不可描述，而文学则要展现明晰的形象。作家笔下的人物，总是带有意象性、具象性，总是有血有肉，生动活泼。

三　文学与宗教的相互渗透

我们讲文学与宗教的分分合合，也就是它们的分离与结合。原始社会的文学与宗教统一在巫术与祈祷仪式里。“巫”是中国文化非常重要的部分，比西方的“巫”地位高得多。它是人与天之间的中介，巫术是人与天对话的形式。人们跳舞唱歌，也是求神祈神。此时，艺术和宗教结合在一起。后来，艺术逐渐从仪式中分离出来，不再附属于宗教，这就形成了今天独立的文学艺术。以往人们只欣赏宗教的仪式，后来便欣赏自己创造的歌舞形式。这就是文学的发生。文学虽从宗教中分离出来，但后来又与宗教相互浸透，特别在欧洲。对于这一点，周作人讲得不错，他说欧洲文明的发源是“两希文化”，即希腊和希伯来文化。希腊文化追求“肉”，是“现世”文化；希伯来追求“灵”，属于“永生”文化。两种文化，互相浸透，经过发展，希腊文化从追求人体之美，走向关注人性，再进入人道精神，出现了悲剧和史诗。人道精神体现了基督精神，这是雅典向耶路撒冷汲取的营养的结果。而希伯来文化本来只讲“灵”，但也不断吸收“人”的养分。《圣经》中有很多恋爱诗，都是人性的诗篇。这就叫作“不同而通”。我为什么把《红楼梦》称作“文学圣经”?《红楼梦》是我们中国文学第一经典极品，它与西方的《圣经》是同构的，即在大体上结构相同。这种同构首先表现在两部作品都有一个“创世纪”神话。《圣经》中的创世纪神话是上帝造人，《红楼梦》创世纪神话，“上帝”是补天的女娲，女娲补天时有一块多余的石头被扔掉了，这块顽石通灵之后就下凡变成贾宝玉。从哲学上讲创世纪的神话是自然的人化。其次，《圣经》中亚当与夏娃是人类最初的男女，《红楼梦》也有“亚当”与“夏娃”，即“神瑛侍者”和“绛珠仙草”。通灵之后，两人下凡展开了一段恋爱故事，因此我说这是“天国之恋”。第三，《圣经》创造了耶稣，《红楼梦》创造了“准耶稣”——贾宝玉，他爱一切人，宽恕一切人也同情一切人。“情榜”贾宝玉为"情不情"，即对于"不情之人"与"不情之物"全都投以感情，这就是基督的精神。贾宝玉不仅"情不情"，而且"善不善"、"真不真"，连"假人"、"假话"也相信。在第三十九回，刘姥姥当着贾母和众姐妹的面，信口编了一个小姑娘雪中抽柴的故事，宝玉信以为真，私下拉住刘姥姥细问女孩的名字，得知叫"茗玉"，十七岁就去世了。宝玉听后叹息不已，次日一早竟同茗烟去找"茗玉"的祠堂，这当然是找不到的。他不相信世界上有"坏人"，有"假人"，对人类充满信赖，这就是佛性。我讲过宗教大法官的寓言，贾政可以看作是"大法官"，贾宝玉则是"基督"，贾政应该对宝玉说一句话：真的是你吗？你不应该来扰乱我们的秩序。贾宝玉破坏了父母贵族府地的传统，他的心灵与贾府秩序格格不入。周作人引用俄国作家安德烈夫（Leonid Andrejev）的话，说作家最大的不幸就是比常人多了一份同情心。因为作家会感同身受，他有时比受苦的人还痛苦，比不幸的人还要感到不幸，所以他要宣泄，要呼喊，要写作。《红楼梦》和《圣经》都追求忘我的、天人合一的宗教大境界。宗教不一定都像《圣经》那样带有文学性，但好的文学一定要带有宗教性。托尔斯泰有本书叫作《艺术论》，他说道，最高的情感必须是宗教情感。这句话可以解释为：一个作家不一定有宗教信仰，但一定要有宗教情怀。宗教讲"圣爱"，作家则讲"大爱"，就像李后主那样，担负人间罪恶；又像基督那样，敢于为人类走向十字架。

㈣ 中西文学的巨大差异

西方有完整意义上的宗教，中国却没有。因此，东西文化便由此产生巨大的差别。关于这种差别，李泽厚作了如此概说：西方文化是“两个世界”的文化，即人世界与神世界并立的文化；中国文化则是“一个世界”的文化，即只有人世界、世俗世界、此岸世界的文化。这种文化差异投射到文学，也使中国文学与西方文学呈现出几个巨大差别：

（一）西方的经典文学多有宗教背景，哪怕是具有反宗教意识的作品，也有宗教背景，即有上帝、基督、教会、神灵、天堂、地狱、天使、魔鬼等背景。因此，其主题与精神内涵常有人与神的冲突，人性与神性的冲突，以及人与魔，神与魔的冲突等。中国文学中少有这种冲突内涵。相对于西方文学常见的：“生或死”的选择，中国文学更多的则是：“仕或隐”的焦虑。而“仕与隐”，都属现世生活，与彼岸世界无关。

（二）在此大背景下西方文学作品常有的基调是灵魂呼告，无论是雨果的《巴黎圣母院》，还是法朗士的《泰绮思》，或者是陀思妥耶夫斯基的《卡拉玛佐夫兄弟》，都是灵魂的呼唤。中国文学中却几乎没有灵魂呼告，只有“乡村情怀”，所以许多作品都在抒写离别、思念、缅怀。西方的挽歌不发达，因为它有一个天堂——彼岸世界可作慰藉，所以亲人死了不必痛苦，而中国没有彼岸世界，所以亲人死了便伤痛不已，因此挽歌也特别多，极其动人。

（三）因为灵魂在西方文学中是一个独立的世界，所以它往往开掘灵魂内部的挣扎与搏斗，这正是鲁迅所说的“灵魂的深”。莎士比亚的《麦克白》之所以能成为最伟大的悲剧作品，关键就在这里。作品不是描写因果报应，而是描写凶手本身灵魂的挣扎，灵魂的痛苦。陀思妥耶夫斯基的《罪与罚》等作品也都是在展示灵魂中的张力场，都有巨大的灵魂深度。

㈤ “审美代宗教”的现代潮流

尽管文学与宗教有相通之处，但两者毕竟存在着巨大差别。因此，文学就必须作出选择，或走向信仰（宗教），或走向审美。20 世纪早期，我国的思想家王国维和蔡元培都提倡过“以审美代宗教”。这不是“灭信仰”，而是“易信仰”。即把对神的信仰转向对“真善美”的信仰。蔡元培曾阐述过此举的理由，他认为，“美”更带有普遍性。也就是说，“美”可以超越宗教的偏见和偏执（不同宗教之间常有争执，每一宗教内部也有门派之争）。

文学艺术不是审美的全部，它只是“美”的重要部分。但也可以超越宗教的有限教义和有限阐释，打通所有人、所有信徒的“人性”和普世情怀，使音乐语言、绘画语言、诗歌语言、小说语言等成为全人类的共同语言。所以，我们应当支持以审美代宗教的思潮，努力走向审美，而不是宗教。

第十五讲 文学与自我

一般地说，从事热文学的创作主体乃是一个燃烧的自我、飞扬的自我，甚至是浪漫的自我、膨胀的自我；而从事冷文学的创作主体则是一个思考的自我、沉浸的自我，这种自我，拒绝一切浪漫、夸张、膨胀，面对的只有实实在在的人和人的生存条件。它既正视社会的复杂，也正视自我的黑暗。

“五四”新文学运动发生时，创造社提出两个著名的口号，一个是“为自我而艺术”，一个是“为艺术而艺术”，但几年之后，这两个口号便销声匿迹了。80 年代，“自我”在文学中又再次被强调。我讲“文学主体性”，也包括呼唤“自我”的回归。无论如何，“自我”包括自我的内涵、自我的态度、自我在文学中的位置等，这些都是必须探讨的。

（一）所谓“自我”

通常所说的“自我”，便是生命个体，英文表述为 individual。但个体本身又是很复杂的。至少可分为生物性个体与社会性个体，也就是说，自我首先是个生物体，然后又是社会体。人处于婴儿阶段，还不会说话，还没有进入社会，此时的“自我”很简单，基本上是个自然生命。但是，婴儿长大成人之后就进入学校（小社会），之后又进入大社会。此时的“自我”就变成“社会关系的总和”。这个个体，不可能是与社会隔绝的“原子个人”，而是处于社会关系网络中的人。此时的“自我”就复杂了。仅仅使用语言这一项，就意味着“自我”被社会所制约。法国大哲学家勒内·笛卡尔说“我思故我在”，其实是“我思故我不在”。因为你思考时必须使用语言，而语言是社会制造的，你一旦使用，便落入社会（他人）的掌握之中，“自我”也就不存在了。我出国之后给自己规定的使命之一是“放下概念”。因为我和我的同一代人是在概念（语言）的包围中迷失的一代，“阶级斗争”、“继续革命”、“全面专政”等话语体系使我们的“自我”完全迷失、消失了。只有放下概念才可能重新拥有自我。我读存在主义哲学，最大的收获是明白一点，所谓存在，最重要的是“亲在”，这就是“自我”。存在主义的哲学便是教你“如何成为自己”的哲学，即“自我成为自我”的哲学。80 年代，我发现没有自我便没有文学。作家自我如果完全生活在概念中，生活在党派等群体中，那就谈不上文学的自性与个性，所以必须强调自我，肯定自我。但是，“自我”又是一种极为丰富、极为复杂的存在。社会的复杂、纷繁、动荡，人性的混乱、幽深、无序等，都会影响自我、改变自我。有些人、有些作家为什么想当隐士，就因为他们承受不了社会关系的重压，企图通过简化社会关系而赢得一个较单纯、较真实的自己。

正由于“自我”乃是一个复杂的存在，所以近现代的哲学、心理学、伦理学等多种学科，都对“自我”进行大量的研究。我在芝加哥大学“客座”时，李欧梵教授特地邀请著名哲学家泰勒（Charles Taylor）来学校作学术讲演，他就写了两大部论著，名为《自我的陷阱》。在19世纪，出现了弗洛伊德从心理学角度剖析自我。他把自我分解为“本我”、“自我”、“超我”，这是划时代的学术发现。然而，他毕竟是用科学家的眼光来看“自我”，其“自我”中的“本我”、“自我”、“超我”毕竟都是“静态”的、生物的“我”。所以鲁迅不满意，把弗洛伊德划为“诗歌之敌”，他说：“近来的科学者虽然对于文学稍稍加以重视了，但如意大利的伦勃罗梭（精神病学者）一流总在大艺术中发见疯狂，奥国的佛罗特（即弗洛伊德）一流专用解剖刀来分割文艺，冷静到了入迷，至于不觉得自己的过度的穿凿附会者，也还是属于这一类。”

(二) 西方文学中的“浪漫自我”和它的衰落

鲁迅批评弗洛伊德“冷静到了入迷”，很有全盘否定之嫌，但他却也拈出“冷静”这一关键词。西方文学中的自我意识发生得比较早，可以说在古希腊的“自由民”中就有了。“文艺复兴”运动肯定人的策略便是打着“复古”，即返回古希腊的旗号。中世纪严酷的宗教统治把“人”变成“神”的工具与奴仆，“自我”当然也消失了。返回希腊，便是重新肯定自我。那时候，被肯定的人，乃是古典的、高贵的、优秀的人，是“宇宙的精英、万物之灵长”，是优秀、健康的“自我”。可是，这个“自我”经过几世纪的发展，尤其是经过18世纪启蒙时代的洗礼，到了19世纪，文学中的“自我”便无限扩张，变成“自我膨胀”、“自我宣泄”，也就是“浪漫自我”进入高潮。高贵、彷徨的哈姆雷特此时变成了《红与黑》（司汤达）中不择一切手段自我奋斗的于连，变成拜伦笔下那个在疯狂的情爱中实现自己的唐璜。19世纪文学的“浪漫自我”，到了下半叶特别是世纪末，进而出现了哲学上的“浪漫自我”，这就是尼采。尼采可谓“欧洲最后的浪漫”，其“超人”概念如果仅仅是指超越自己，本无可厚非。但他的“自我”与“超人”概念后来被无限延伸与膨胀，以至被夸大为可以取代上帝的狂妄自我。

我国五四新文化运动的先驱们目光投向西方时，只注意尼采，不注意卡夫卡。换句话说，卡夫卡尚未进入中国新文化先驱者们的视野。而卡夫卡才是真正意义上的世界文学现代主义的发端，他作为世界文学新的里程碑，一反“浪漫自我”的基调，通过其代表作《变形记》《审判》《城堡》，终结了传统人道主义的“理性人”，也终结了“浪漫自我”的文学潮流。在他的作品中，人很渺小，很无助，原先被夸张的自我在他笔下变成一只甲虫。在表面繁华的世界里，人根本没有立足之所，“自我”到处碰壁，时时遭受监视与审判。现代社会更像是迷宫与城堡，可望而不可即，天天感受到的只有迷失与困境。卡夫卡把19世纪的“写实”、“浪漫”的文学基调变成“荒诞”的基调，于是，在他之后又出现了贝克特、尤奈斯库、加缪和高行健等完全告别“浪漫自我”的作家。中国一些读者读不懂高行健，就因为他们首先读不懂卡夫卡。高行健正是一个用最冷静、最清醒的眼光审视人性、审视自我的作家。他创造的“冷文学”，便是用一双冷眼去观世界与观“自在”。尤其突出的是，就像冷静地观察大千世界一样，他也冷静地观察自我。他发现，地狱不仅在他人身上，也在自己身上。“自我”具有恶的无穷可能性。哲学戏《逃亡》揭示一条真理：人可以冲破各种外部的地狱，但很难冲破“自我的地狱”。他把弗洛伊德的“本我”、“自我”、“超我”主体三坐标，从静态化为动态，从而在主体内展开了“你”、“我”、“他”三者复杂的语际关系，他的剧本《逃亡》更是告诉人们，你可以逃脱各种外部的地狱，但很难逃脱“自我的地狱”，而最坚固、最难冲破的正是“自我的地狱”，不管你走到天涯海角，这个地狱总是紧跟着你，伴随着你。他的第二部长篇小说《一个人的圣经》，也是叙述一个自我带着自身地狱到处逃亡，但却无处逃遁。这个“人”既疯狂又脆弱，他就像卡夫卡笔下的一条小虫、一只跳蚤，卑微而充满恐惧。到了《一个人的圣经》，五四之后的“浪漫自我”已消失得无踪无影，我们看到的“自我”，只不过是“披着狼皮的羊”、“披着人皮的虫”。高行健不仅终结了中国的“浪漫自我”，而且也进一步终结了西方的“浪漫自我”。

(三) 中国传统中的内在自我

与西方的文学主流相比，中国缺少于连、唐璜似的“浪漫自我”，即那种外部的、充满行动的、“胆大包天”的、敢于冒险的自我。五四时期郁达夫笔下的“自我”，只不过是小浪漫的自我。哪怕只是一点点的“自我解放”，也是战战兢兢，可怜得很。倒是郭沫若的《女神》，真呐喊出一些自我的强音，可惜时间太短，很快就偃旗息鼓。当时周作人发表《中国新文学的源流》，意在说明五四表现自我的新文学，中国古已有之，尤其是明末，就有小浪漫自我。他意在说明，五四传统乃是发端于明末，这倒没有错。明末三袁的“性灵说”以及他们之前李卓吾的“童心说”，都表现自我。但这种自我从总体上说，还是属于内在的、内心的，与雨果、司汤达、拜伦的浪漫主义很不相同。

其实，中国的自我意识，其发端应追溯到二千三百年前的庄子。庄子对中国文化的重大意义，就在于他提供了自我空间的哲学根据。在孔子的严密道德秩序中开辟了自我逍遥的自由空间。庄子的“逍遥之我”倒是大浪漫的自我。但这种自我基本上也属于内心范围，无论是大鲲还是大鹏，都不过是想象中的自我实现。20 世纪下半叶中国当代文学的前半期（大约三十年），出现了一个巨大问题，就是“自我”的完全消失。刚才我们对五四时期表现自我的文学现象虽有些微词，但那时毕竟还有活生生的“自我”，除了郭沫若、郁达夫等打出“为自我而艺术”的旗号并创造出相应的诗文之外，标榜“为人生而艺术”的其他作家，虽然不同于创造社诸子，但其作品总还是有“我”的存在，作家自我的个性还是浸透于作家主体之中。可是到了 20 世纪下半叶，整个中国当代文学全都进入讴歌文学体系，所有的诗文便只有“我们”而没有“我”。这个时期的作家被国家界定为“人民的代言人”、“无产阶级的代言人”。作家自身也确认自己是这种角色。如果没有资格充当人民的代言人，就必须努力改造自己，努力向这种角色靠拢。所以这个时期的作家、诗人，称号之前一定要加上“革命”二字，即革命作家、革命诗人、革命艺术家等（人民艺术家也可以）。作家主体的非个人化后，便是作品的非个性化。例如最著名的诗人郭小川，他的大部分诗歌，其主体身份都是“战士”、“革命诗人”，即革命的代言人，唯有一首“望星空”是抒发“自我”的孤独感与彷徨感，结果这首诗被批判为反映“庄子奴隶主”的没落情绪。

这个时期的文学，还发生了一个巨大现象，就是文学的“失语”现象，这时候的诗人、作家、戏剧家都很奇怪，都只会重复领袖的语言、党的语言、大众的语言，就是不会说自己的话。连郭沫若、老舍、曹禺这些现代文学中最优秀的作家也不会说自己的话。八九十年代我在评论70年代和80年代的后期当代文学时，肯定了朦胧诗人的一个功劳，就是他们扬弃了“集体经验语言”而恢复了“个体经验语言”，也就是“自我的语言”和“个人”的声音。

我在叙述“文学与自我”关系的历史时，也向同学们传达了一种文学常识，这就是，从事文学的第一条件是必须说自己的话，必须有自己的语言、自己的声音。对于文学家来说，守持独立不移的品格，比什么都重要。

（四） 热文学与冷文学

最后，我想从“自我”的不同类型讲述一下“热文学”与“冷文学”的区分。

高行健把自己的文学界定为“冷”文学。这个“冷”，不是“冷漠”，而是“冷静”、“冷观”。他的所谓冷文学，便是冷静地洞察人性与人类的生存处境的一种文学形式。“热文学”的特点是热烈地拥抱社会是非，而冷文学则与社会是非拉开距离，只作冷观与呈现。

在表层的冷、热区分背后，是创作主体，即作家自我的差别。一般地说，从事热文学的创作主体乃是一个燃烧的自我、飞扬的自我，甚至是浪漫的自我、膨胀的自我；而从事冷文学的创作主体则是一个思考的自我、沉浸的自我，这种自我，拒绝一切浪漫、夸张、膨胀，面对的只有实实在在的人和人的生存条件。它既正视社会的复杂，也正视自我的黑暗。

第十六讲 文学与政治

作为文学的爱好者或职业者，必须了解『文学与政治』关系中的几个基本常识：（1）文学内涵大于政治内涵；（2）人道原则高于政治原则；（3）艺术标准先于政治标准。

（一） 文学性质与政治性质根本不同

今天我们要讲的题目，是许多人讲过也是最难讲清的题目，但是非讲不可。

谈起这个题目，中国的老师、作家总是想起鲁迅先生著名的文章（讲演）《文艺与政治的歧途》（选入《集外集》，写于1927年），总是记起他的著名的话："孙传芳所以赶走，是革命家用炮轰掉的，决不是革命文艺家做了几句'孙传芳呀，我们要赶掉你呀'的文章赶掉的。"也就是说，政治（炮）才真的有实用价值，文学却是"无用"的，当不了炮弹与刀枪。

关于这个题目，我们在第二、第三讲中也初步涉猎，讲到文学与政治总是发生冲突，也就是鲁迅所说的总是走"歧路"（不同的路）。这是为什么呢？因为两者的根本性质本来就不同。政治，包括时髦的民主政治，也不能改变政治的基本性质，这就是权力的角逐与利益的平衡。文学则是超功利的事业。它的天性本就远离权力的角逐，也远离现实利益的各种交易。如果用康德的公式来说明，文学属于“无目的的合目的性”。所谓“无目的”，是指无确定的目的，尤其是无确定的权力与财富的功利目的。所谓“合目的性”，是指超越确定目的的最广泛的、合乎人类生存延续的、带有目的性质的宏观指向。政治家强调确定的目的，调动一切手段为此目的服务，而文学家则不愿意俯就这种确定目的。它不能只关注一党一派，而必须关注全人间、全人类；它不能只关注现存的秩序，而必须关注人类的前途与未来；它不能只关注法律责任，还必须关注良知责任；它不能只维护“现有的生活”，还必须呼唤“应有的生活”。文学所有这一切目的，都不是暂时的、狭隘的、实用的小目的，而是长远的、广阔的、普遍的“人类延续”的大目的。所以大目的与小目的总是要发生冲突，而且是永恒的冲突。陀思妥耶夫斯基在《卡拉马佐夫兄弟》中所写的“宗教大法官寓言”，正是揭示这种冲突。我们可以把寓言中大法官视为政治化身，视为小目的的实施者，又可以把基督视为文学的象征、大目的的守持者。他们相遇时的故事意义深远，值得我们领会一遍又一遍，值得我们思考一辈子。

现在我把《罪与文学》（与林岗合著）关于大法官寓言的解读摘录一小段给同学们：

> 陀思妥耶夫斯基的小说以揭示人类社会和人类心灵的悖论而著称，巴赫金所说的“复调小说”也正

是这个意思。他的《卡拉马佐夫兄弟》借二哥伊凡之口给读者讲了一个宗教大法官的寓言，其含义之深刻尤胜过许多思想著作。寓言说的是在十六世纪西班牙的塞维尔，一位年近九十的红衣主教为了要在人间建成天国，疯狂地迫害异端，以“无比壮观的烈焰，烧死凶恶的邪教徒”。正当他扫清障碍，为了上帝的荣耀，架起火堆，烧死上百个异端的时候，耶稣降临了。耶稣来到宗教裁判所烧死异教徒的广场，人们纷纷把他围住，他向人群伸出了双手，为他们祝福。还在塞维尔大教堂前的台阶上，帮瞎子治好了眼睛，扶瘸子起来走路，让入殓的小女孩复活。这位红衣主教大法官把这一切看在眼里，脸上笼罩了一层阴影，眼睛射出了凶光。他带了神圣的卫队走过来，把耶稣抓起来，关在牢房里。老百姓吓得给耶稣磕头，他也默默地给老百姓祝福。到了半夜，宗教大法官亲自提着灯，独自一人走进了监狱，大门在他身后关上。大法官在门口停下脚步，久久地，仔细打量犯人的脸，然后走到跟前把灯放在桌上，对他说：“真是你吗？是你吗？”他没有听到回答，便赶紧补充了一句：“别回答，保持沉默。你又能说什么呢？我知道你会说什么，你也没有权利给自己说过的话再增添什么新内容。你为什么妨碍我们？你是来妨碍我们的，这你自己也清楚。但是你知道明天会怎么样吗？我不知道你是什么人，我也不想知道你真的是他或者仅仅像他，但我明天就要审判你，并且把你作为最凶恶的异教徒活活烧死。明天只要我一招呼，今天吻你脚的那些人就会跑过来往你的火堆上添加柴火，这你知道吗？是的，你也许知道。”他在沉思中补充了一句，专注的目光始终也没有离开囚犯。

……

宗教大法官没有那么自信，再一次央求他手下的囚犯（耶稣）不要来妨碍他们的事业，他对耶稣说，你没有必要来，至少暂时没有必要来。陀思妥耶夫斯基还是笔下留情，没有让宗教大法官处死他的囚犯，而是让囚犯在他布满皱纹的脸上吻了一下，就出门走了。毫无疑问，这个寓言讲的是人类社会和人类良心的悖论，人类的生活就是处在这样的悖论之中。宗教大法官象征的是人类的理性及其实践，就像柏拉图“理想国”里洞明世事追求至善的“哲人王”一样，不同的是宗教大法官的形象具有更多历史实践的痕迹，……耶稣作为囚犯的形象，象征的则是人类的良知。它是非功利的，它的力量和软弱都在于它存在于人心之内。耶稣作为囚犯的形象出现，那是很好的隐喻：它是被囚禁的。它不像宗教大法官那样，握有生杀大权，有卫队和随从。但权力虽然能够囚禁他，却不能征服他。良知虽然不能解决面包问题，但它能够

> 裁决理性及其实践的人类功利性活动是不是走偏了方向，是不是背离了良知。宗教大法官一句话：你是真的吗？你不要来妨碍我们的事业。这话说尽了人类功利活动和非功利活动的悖论。两者依据相对立的原则，依据相对立的价值取向而共存于人类之中。

政治，为了维持现存的秩序，它必须使用监牢、锁链、刀枪、篝火等，这有它的理由；而文学为了维护人类良心和每一个生命体的尊严与权利，它必须超越监牢、锁链、刀枪、篝火等，这也有它的理由。于是，两者便形成悖论，也形成冲突。

文学与政治的冲突，带有普遍性，即全世界都是如此，所以才会发生政治权力对文学作品的禁锢，才会有文学家的逃亡与流亡。我们熟悉的伟大作家但丁、易卜生、乔伊斯等，都是流亡作家。他们都为政治所不容。所以我们不能幻想一劳永逸地化解冲突。但是，我们作为文学的爱好者或职业者，必须了解“文学与政治”关系中的几个基本常识。

㈡　文学内涵大于政治内涵

这些基本常识最主要的是三条：（1）文学内涵大于政治内涵；（2）人道原则高于政治原则；（3）艺术标准先于政治标准。

我们说文学可以“挫万物于笔端”。这万物包括天上星辰，地上禽兽；空中日月，海上船舶；也包括云际神灵，山间草木等，三天也说不完。我们说文学应当呈现生命，而生命五花八门，千姿百态。他们既有社会生活，也有隐私生活，既有意识，也有潜意识，用弗洛伊德的话说，意识不过是浮上水面的那点冰山尖顶，尖顶下边那才是难以估量的“大冰块”（潜意识）。

我们说文学要表现人性的真实，而这人性是如何渊深，如何神秘，如何变幻无穷，政治能管得了吗？如果回到最传统的说法，文学可以反映生活。而这生活，就像何其芳的诗所云：“生活是多么广阔，生活又是多么芬芳，凡有生活的地方，就有快乐和宝藏。”文学既然可以反映生活，当然也可反映政治生活。然而，政治生活只是人类各种生活的一部分，何况，文学是最自由的，它可以表现政治生活，也可以表现非政治生活，甚至可以逃离政治，沉湎于山水田园之中，表现和政治毫无关系的生活。《鲁滨逊漂流记》中的主人公，不仅远离政治，甚至远离社会，但他在孤岛上也在生活，文学表现它，也可成为经典性作品。正是从上述这些意义上说，文学的内涵大于政治的内涵。把文学变成政治的号筒与注脚，首先是毁了文学的广阔天地。

(三) 人道原则大于政治原则

刚才我们讲述了陀思妥耶夫斯基“宗教大法官的寓言”，就可明白，基督守持的是慈悲原则、人道原则，大法官守持的是世俗原则，政治原则。在政治原则下，反宗教的异端必须被火烧，处以死刑，而在人道原则下，他们具有选择不同信仰的权利，他们是无罪的。奥地利的德语作家茨威格所作的《异端的权利》，凭借的正是基督的立场和人道原则，这也正是文学原则。在茨威格的笔下，人道原则高于政治原则，生命权利原则高于政治权力原则。

在座的同学不知道有没有读过法国伟大作家雨果的《九三年》，这部经典最让人难忘的正是体现了人道原则大于革命政治原则。小说描写的是1793年法国大革命时期的故事。这一年路易十六被送上断头台，革命力量与反革命力量还在进行殊死的搏斗。小说写的是在此背景下，法兰西共和国的革命军镇压旺岱地区保皇党煽动的一场“反革命暴乱”，故事情节可谓非常“政治”。保皇、叛乱的一方，其领袖是老贵族朗特纳克，革命一方即巴黎革命军公安委员会派出的军队，其首领又是朗特纳克的侄子郭文。郭文率领的革命军追剿叛军大获全胜，在攻克最后的一个堡垒时，发现朗特纳克从暗道里逃出，正当要脱险的时刻，朗特纳克听到农妇呼唤孩子的叫声和孩子陷入火中的惨状，便回到堡垒的楼上救出那个孩子，而他也因此被革命军所俘虏。第二天，他本该处死，但郭文认为朗特纳克是因救孩子而被捕，处死这个人不会给革命带来荣誉，于是放走了他。最后革命军组织判郭文死罪，在临刑前，郭文开枪自杀。雨果通过这部小说表现一个主题，即“在绝对正确的革命之上，有一个绝对的人道主义”，也就是人道原则高于政治原则的思想。雨果这种思想，当然不是政治真理，但它却是文学真理。

我国20世纪的广义革命文学，其根本问题，不是写了政治生活，而是用“政治的原则高于人道原则”的理念把握政治生活，所以让自己的作品失去了人道光辉。我和林岗合著的《罪与文学》中批评丁玲的《太阳照在桑干河上》和赵树理的《李家庄的变迁》，认为这两部小说犯的正是这种错误。我非常喜欢赵树理，也对他独到的农民文学有很高评价。但是在描写李家庄农民斗地主的时候，他让农民把地主的胳膊连同衣服一起撕下，惨不能睹。当时的县长曾对此发过微词，可是赵树理立即让贫农先锋反驳说，想起他过去对农民的压迫与剥削，这算什么？这等于说，撕胳膊有理，革命原则大于人道原则。

（四） 文学标准先于政治标准

广义革命文学除了因为用革命（政治）原则压倒人道原则而失去光泽之外，还犯了一个错误，就是把政治标准凌驾于艺术标准之上。

“政治标准第一，艺术标准第二”，这个原则主宰了大陆文学半个多世纪。我们不能简单化地断定，这个批评公式从一开始就是错误的。在特定的历史瞬间，即国家处于战争时期或民族处于危亡时期，国家要求作家把国家的政治利益放在第一位，并以此要求文学，这是无可厚非的。我国30年代，鲁迅和“四条汉子”争论是要提倡“国防文学”还是提倡“民族战争时期的民族大众文学”，其实双方都是把政治标准放在第一位。在国家处于生死存亡之际，文学家们如果还强调“幽默”、“闲适”这些艺术准则，“化凶残为一笑”，只能让人反感，其文学作品也不可能感人。

我特别欣赏美国早期的伟大思想家杰斐逊（曾任总统）说的一句话。他说：“一旦被迫进入战争，那么，我们就必须为保卫国家放下不同的意见。”意思是说，在战争（民族危亡）时期，国家原则（政治原则）就高于其他原则，也高于文学艺术原则。我英文不好，只翻译杰斐逊的二十一条语录以警示自己，这段话是其中的一条。但是，我仍然要强调，不可把战争时期的政治原则普遍化。在通常的情况下，“政治原则第一”并没有优先权。以文学艺术而言，在通常的情况下，首先必须考察它是否具有文学价值与艺术价值，而不是“打击敌人”的政治价值。因此，我们首先要反对政治一元论，从而把文学与政治严格区分；其次要反对政治第一论，把文学标准放在考察文学价值的第一位置上。

这里我们还要说明的是，即使在战争时期，文学创作虽然可能要多考虑政治利益（不管是拥护战争还是反对战争），但是，在这种时期进行文学创作，仍然要遵循文学的基本特性，这就是我们前边已讲述的“人性真实”、“生存真实”、“心灵困局”等。例如前苏联的小说《第四十一》，曾被我们批判为修正主义作品，其实，这是政治判断而非文学判断。一个女红军战士（神枪手，已打中四十个白匪），和一个未被打中但被俘虏的军官，在押送途中，被暴风雨吹到一个孤岛上。世界只剩下这一对孤零零的男女在一处生活，在篝火边上取暖，于是产生了恋情。最后，海面上突然出现了一艘白军舰艇，白匪军官迎了过去，此时，女红军战士举起枪，把他打死在沙滩上。对于这部作品，如果用政治标准去衡量，会说它是宣扬“阶级调和”、“敌我调和”，但如果用艺术标准去看，则会认为它反映了人性的真实，也反映了战争的真实。

(五) 文学不能服务政治，也无需政治为文学服务

20 世纪中，有些政治家曾提出“文学为政治服务”的口号。在此口号下，政治家们要求文学变成革命机器中的齿轮与螺丝钉，变成政治的号筒、注脚或意识形态的转达形式。与此口号相关，有些作家、诗人还提出文学应当成为阶级斗争的“风雨表”或“革命的旗手”、“时代的鼓手”等。所有这些，最后的结果都是以政治话语取代文学话语，文学变成政治可怜的应声虫，也就是文学被政治“一元化”掉，进而取消掉。

文学因此变成非文学，诗变成非诗。1949 年之后大陆的三十年当代文学，其基本教训就在于此，即把文学纳入“为政治服务”的轨道，强制文学进入政治的战车，结果是没有创造出任何有真价值的文学作品。

我们拒绝文学为政治服务的命题，那么是否可以接受“政治为文学服务”的反命题呢？我们的回答同样是“否”。2011 年我到台湾参加一次文学高峰会，会上，马英九说，我们不赞成“文学为政治服务”，主张“政治为文学服务”。一个政治家有此态度是值得赞许的，他至少不强制文学进入政治轨道。然而，我要回应说，作家、诗人最重要的品格是独立不移，自立不同。除了不雷同其他作家也不雷同任何流派，还包括不认同任何“主义”、任何意识形态。“山顶独立”、“海底自行”应当为作家最基本的立身态度。所以文学创造者也不需要任何“他者”为其服务，包括不需要政府部门为其提供特殊服务。有些政府或宫廷，出于好心，想为作家服务，就设立“桂冠诗人”等称号奖赏他们认为杰出的诗人。然而，事实证明，这样做，虽给诗人以荣光，却剥夺了诗人内心的自由。有些政府出资设立国家级文学奖项，也同样会发生问题。国家给作家以“主席”、“主任”等名号并相应地给作家以优裕的房子、车子和秘书，结果是让作家慢慢丢失原先的本真品格与本真作风，即腐蚀了作家的灵魂。因此，政治家对作家诗人最大的保护，应是尊重作家诗人的独立地位，不干预作家的创作，并给作家诗人最大限度的书写自由。

第十七讲 文学与艺术

文学可以最清晰地展示『心相』。如果他们还不服气的话，我们又可以说，文学可以更具象地展现灵魂的对话、论辩和诉说；尤其是可以表达自己对世界、对人生、对人性深刻的认知，认知里所包含的情思、情趣与情境是其他艺术望尘莫及的。

这一课的题目，同学们也许会觉得奇怪。“文学不就是艺术吗?”不错。文学本是艺术中的一种类型，属于“语言艺术”。但是，因为“语言”二字已泛化，甚至出现“行为语言”、“肢体语言”、“姿态语言”等概念，而各种艺术部门本身也形成“音乐语言”、“绘画语言”、“电影语言”、“戏剧语言”等，因此，再说文学是“语言艺术”已不清楚。二是即使肯定文学为语言艺术，这一门艺术也与音乐、舞蹈、绘画等其他艺术门类有重大区别，因此，现在更多的是把文学整体与艺术整体作并列的称呼。这也就形成今日课题的根据。今天所要讲的，一是文学与其他艺术门类的关系，包括区别点与相通点；二是文学本身应当不忘记自己原先是艺术，应当具有怎样的艺术意识。

(一) 文学与其他艺术的区别

首先，还是先讲讲文学之外的其他艺术有哪些类别？我的朋友李泽厚先生在五十年前写过一篇《略论艺术种类》的文章（原载《文汇报》1962 年 11 月 15 日、16 日、17 日），北京三联新出的文集好像没有收入。这篇文章把艺术分为五类：第一类是实用艺术，主要是指工艺与建筑；第二类是表情艺术，主要是指音乐与舞蹈；第三类是造型艺术，主要是指雕塑与绘画；第四类是语言艺术，指的就是文学。但他也认为，“文学常与整个艺术并列称呼”；第五类是综合艺术，主要是指戏剧与电影。那么，文学与其他四类艺术的区别在哪里呢？简单地说，各种艺术都直接诉诸“感觉”，而文学除了感觉因素之外还有理解、想象、思想、情感等因素，而且主要是靠话语、词汇来表达思想、情感。还有一点，是其他艺术需要用物质材料（包括人的身体）作为手段，而文学只需要非物质、非身体的词汇。李泽厚先生说，文学因不是用物质材料作为手段，所以不能像其他艺术那样可以靠感官直接感觉感受，因此，其刺激性也较为贫弱。文学千言万语地描述一个人有时还不及一张画像使人感觉那么生动鲜明，所以人们总是不满足于文字的刻画而要求它变为直接可感的艺术形象。

但是，文学因为不以物质材料为工具，而以词语为工具（中国本是一个一个的字，两个、三个、四个字才构成词，而西方则是一个一个的词语），因此它也表现出其他艺术门类没有的长处。关于这种长处，李泽厚如此说明：

> 文学用词作为艺术手段。这一手段的特点如本文

> 讲分类原则时所指出，它的实质（词义）并不是物质材料而是精神性的表象。它已从直接的感性中脱离出来，……这样，就与其他艺术用物质材料所提供的感性经验和思想内容不同，词义所提供的这一切都已受着确定知性理解的规范，而不像形体、色彩、声音等所呈现或暗示的那么朦胧、宽泛和不可限定。用绘画或音乐描绘或表现的情节、情感与用文学所表达的，其内容所能具有的知性（理解）的确凿性，是不可同日而语的，更不用说建筑、舞蹈等部类了。所以，语言艺术的这一独特手段与知性（理解）有直接不可分割的联系，就使它比其他艺术具有远为巨大的理性力量，更易达到深刻明确的思想高度，使人们能够由感受体验迅速直接地趋向于认知、思考，便于对现实进行理性的深入把握，而成为所有艺术中思想认识作用最强的一种。所以说，文学是思想的艺术。在这里，感觉形式的愉悦因素退居很次要的地位，思想内容的认识因素占着压倒优势。这门艺术主要以内容的理性深度取胜。

这就是说，文学与其他艺术相比，它具有三个优点：

（一）表述的内容更带知识性的确凿性。（与科学相比，文学较为模糊；但与其他艺术相比，却较为确切。这都是相对而言。）

（二）带有更大的理性力量；

（三）带有更明确的思想高度和更厚实的思想深度。

这三个优点，是以词语为工具而产生的优点。因为文学虽不如其他艺术那样让人感觉强烈，却可以带给读者对社会对人生更深刻、更明确的认知。所以贝多芬第九交响乐的最后一节干脆直接诉诸歌词而歌唱，这样就更具体，更确凿，更富有思想力量。

所以要讲述“文学与艺术”的关系，也是想通过这个角度让同学们加深对文学的认识，知道文学不仅以情感打动人，还有别的艺术门类难以企及的思想深度与思想力量，也就是说，它还可以用思想启迪人。我国现代作家鲁迅，他所以比同时代的作家更伟大，就因为他的作品不仅艺术性强，而且具有他人没有的巨大思想深度。

除了上述这两点基本区别之外，我觉得，文学比起其他艺术门类又表现出一个极大的优点，就是它最能表达人内心的全部丰富性。可是，音乐家可能不会同意，他们会说，音乐同样可以表达人的内心，而且也可表达得很深。在音乐家的驳难之后，我又想说，文学可以最清晰地展示“心相”。如果他们还不服气的话，我们又可以说，文学可以更具象地展现灵魂的对话、论辩和诉说；尤其是可以表达自己对世界、对人生、对人性深刻的认知，认知里所包含的情思、情趣与情境是其他艺术望尘莫及的。

(二) 文学可以吸收艺术的营养

我们的课程是文学课，不是艺术课，也不是美学课。如果是艺术课，我们就得分别讲解一下建筑、雕塑、音乐、绘画、舞蹈、电影等艺术门类的特征。如果大家有兴趣，可以阅读黑格尔对艺术种类的划分与阐释。黑格尔的《美学》第三卷（上）的标题便是“各门艺术的体系”。第一部分是“建筑”，第二部分是“雕刻”，第三部分是“浪漫型艺术”，这部分的第一章是“绘画”，第二章是“音乐”，第三章是“诗”。这最后一章既是艺术，又是文学。我们不妨看看它的目录：

第三章　诗

序论

A. 诗的艺术作品和散文的艺术作品的区别

1. 诗的掌握方式和散文的掌握方式

2. 诗的艺术作品和散文的艺术作品

3. 关于诗创作主体（即诗人）的一些看法

B. 诗的表现

1. 诗的观念方式

2. 语言的表现

3. 诗的音律

C. 诗的分类

1. 史诗

a）史诗的一般性质

b）正式史诗的特征

c）史诗的发展史

2. 抒情诗

a）抒情诗的一般性质

b）抒情诗的几个特殊方面

c）抒情诗的历史发展

3. 戏剧体诗

a）戏剧作为诗的艺术作品

b）戏剧艺术作品的表演

c）戏剧体诗的种类及其主要历史阶段

i 悲剧、喜剧和正剧的原则

ii 古代戏剧体诗与近代戏剧体诗的差别

iii 戏剧体诗及其种类的具体发展

让大家看看目录，是为了激发同学们的兴趣，希望同学们去阅读。黑格尔写得很好，朱光潜先生也译得很好。黑格尔不仅讲了诗，还讲了散文和戏剧，又分清了抒情诗与史诗，悲剧、喜剧与正剧。我听说许多同学喜欢到世界各国旅游，而旅游的一项内容是观赏城市建筑。同学们如果学会观赏建筑，就得读一读黑格尔的《美学》第三卷，他告诉你象征型建筑、古典型建筑和浪漫型建筑的美学特征，他还告诉你什么是哥特式建筑和中世纪的民用建筑，还有希腊庙宇、罗马圆顶等有趣的审美奇观。你们自己去阅读，一定比听我讲课更有收获。黑格尔的《美学》值得一读，他以诗为坐标，从美学（第一哲学）的高度上说明文学优于其他艺术在于：（一）诗既然无须通过验证特殊物质媒介，诗人的才能也就不受媒介条件的局限，因而也就没有艺术所需要的依存性。一般地说，诗所需要的是凭想象力去塑造形象的才能。也就是说，诗比绘画、建筑、雕刻等拥有更大的自由。（二）尽管其他艺术也可以显现内心世界，但“诗”因为借助“语”、“文”，所以可以掌握住并且表达出内心“高深领域的一切意识活动和内心世界的一切东西”。也就是说，诗比绘画、建筑、舞蹈、雕刻等，更能挺进内心世界纵深的领域。（三）“诗”因为可以更深刻地表现精神的内在意蕴，这就要求诗人也必须拥有最深刻最丰富的内心体验。这样就创造了一种既能巡视内心世界又能俯视外部世界的主体个性，即从内到外都可以充分认识世界的完整风貌（请特别注意阅读“下卷”的“关于诗创作主体［即诗人］的一些看法”）。总之，黑格尔告诉我们，文学与艺术相比，它拥有更大的自由和更深更广的表现力。从这里我们就可以明白，人在童年时期总是先学绘画先学唱歌，之后再学写诗写文章，到了晚年，当你想表达一生最深刻的感受时，就会知道非仰仗文学不可。

（三） 文学家应尽可能多些艺术修养

写过《百年孤独》的南美作家马尔克斯说过，从事文学，一定要有三个条件，一是天赋，二是修养，三是决心。修养是多方面的，其中重要的一项是艺术修养。我们不能要求作家诗人都当画家、雕刻家、建筑师等，但至少要了解各门艺术，要有一双审美的眼睛。如果曹雪芹不是拥有绘画艺术的修养，他就写不出那么丰富的薛宝钗形象；如果不是拥有音乐艺术的修养，他也写不出林黛玉那样厚实的形象。薛宝钗是个“通人”，不仅通学问，而且通绘画。第四十二回她在论画中，不仅具有画识，而且知道画法。她在评论惜春的画时说：

我有一句公道话，你们听听。藕丫头虽会画，不过几笔写意。如今画这园子，非离了肚子里头有几幅丘壑的才能成画。这园子却是像画儿一般，是必不能讨好的。这要看纸的地步远近，该多该少，分主分宾，该添的要添，该减的要减，该藏的要藏，该露的要露。这一起了稿子，再端详斟酌，方成一幅图样。第二件，这些楼台房舍，是必要用界划的。一点不留神，栏杆也歪了，柱子也塌了，门窗也倒竖过来，阶矶也离了缝，甚至于桌子挤到墙里去，花盆放在帘子上来，岂不倒成了一张笑“话”了。第三，要插人物，也要有疏密，有高低。衣摺裙带，手指足步，最是要紧，一笔不细，不是肿了手就是跏了腿，染脸撕发倒是小事。依我看来竟难得很。

与宝钗不同，黛玉精通的是音乐，但音乐对于她，不是知识、技艺，而是她灵魂的一部分。她抚琴时不是用手用脑，而是用她的全身心、全灵魂，正如她的诗是她的全性情。第八十七回写宝玉与妙玉在潇湘馆外偷听她弹琴，也知音乐的妙玉立即听出“君弦太高了，与无射律只怕不配呢”。正议论时，果然琴弦嘣的一声断了。妙玉感知到这是不祥的预兆。对于黛玉来说，抚琴时，琴就是她，她就是琴，身心与音乐完全融合为一，琴声过高，琴弦断裂，意味着已经琴化的生命深处忧思太烈，有危险。

陆机说，好作家可以“挫万物于笔端”。这个“物”不仅是物质、物体，而且是物外的整个存在，当然也包括“挫音乐、绘画、雕刻等艺术于笔端”。我很佩服我的朋友高行健。他的创作整体，便是融合小说、戏剧、诗文、绘画（水墨画）、理论、电影等艺术于一身。在韩国召开的高行健国际学术讨论会上，我说，在我心目中，至少有四个高行健，一个是小说家高行健，一个是戏剧家高行健，一个是画家高行健，一个是文艺理论家高行健。说完后他又出了诗集，又拍了电影，都很精彩。他在艺术中吸收了文学的长处，例如他的水墨画，其文学性很强，以内心深度取代西方画流行的几何焦点。而他的诗，很有思想，又对时代困局作出自己的回应，而音乐性又很强。他的电影，充分利用“蒙太奇”、“长镜头特写”等长处，但又很有文学的诗意。他的戏剧，更是把本来看不见的内心图像展示于舞台上，把不可视转化为可视。那些内心独白与对话，既有戏剧的表演性，又有文学的思想深度。由于他具有广泛的艺术修养，因此他获得全方位的成功并在文学上独开一条新路。

(四) 文学可以充分展现内心世界

比较一下文学与艺术，我们对文学就会有更深的认识，并知道文学不仅是语言的艺术，而且是思想的艺术；不仅是抒情的艺术，而且是认知的艺术。因此，文学可以在两个发展方向上优于艺术，超过艺术。这两个方面，一是文学可以发展自己的思想深度；二是文学可以发展自己的内心空间。

关于前者，中国诗论中早已说过：诗可以言志。这“言志”，就不仅是抒情，它还包括表明自己的理想、抱负、心愿、意志等。在这之中，虽也有情，但又有“思”，还有“知”。换言之，就是既有“识”，又有“理”。我们说不能把文学变成理念，但只是反对把文学变成“理语”，并非反对文学具有“理趣”。无论是情趣还是理趣，都可以成为文学的因子（元素）。文学可以通过自己的基本工具（词语）充分表达自己对世界的认知，对人生的认知，还可以回应时代的挑战，以及回应社会的诉求，抵达其他艺术门类难以抵达之处。

关于后者，文学更是大有可为。人人内心乃是另一个了无边际的宇宙。这是相对于外宇宙的内宇宙。五百多年前王阳明说过“吾心即宇宙，宇宙即吾心”，这确是真理。20 世纪奥地利心理学家弗洛伊德又发现人的内心除了有一个“意识世界”之外，还有一个“潜意识世界”。那么，如何展现内宇宙？如何展现潜意识世界呢？我们的确不能说音乐、绘画、雕塑不可以展现，但是要充分展现，却只能仰仗文学。

第十八讲 文学与人生

文学对于人生的意义恰恰在于它可以让读者超越人生的平淡状态而进入诗意状态。好的文学，它可以帮助人们保持和发挥童年的梦幻，可以帮助读者保持和充实生命的本真状态。

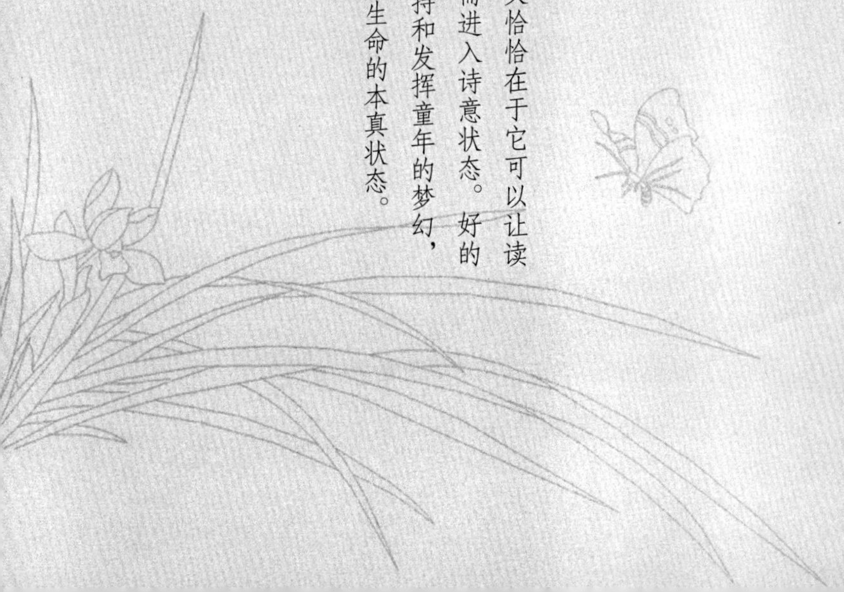

㈠ 文学的重大课题

今天要讲的题目特别大，但又很重要，上世纪30年代，吴宓教授在清华大学外文系开讲课程，题目就是“文学与人生”。1993年，清华大学又出版了这本书。由钱钟书先生题签书名。在这本书中，吴宓教授说：

> 人生是一个舞台，有各种人物，各随其性格之不同扮演角色。忍受痛苦。任何一个无名的小家庭或社会集团，与整个世界舞台和整个历史景观一样，都展示出各种各样的人物，在他们的行动中，有着相同的互为因果的关系。对“小”的研究与对“大”的研究有着同样的兴趣；而对于“小”的理解，也要求与对于“大”的理解具有相同的心智能力。在这一意义上，小说是具体而微的人生。而小说又高于历史

(因为小说更具有普遍性，更有代表性)。“太虚幻境”及“名利场”的意义即在于此。

《文学与人生》的附录里又有一篇周辅成教授（北大哲学系）的文章《吴宓教授的人生观和道德理想》。周教授在文章中概说了吴宓先生的思想。吴先生认为，在我们所处的“纷纭世界”之外还有一个理想世界。人类可以通过理想世界在繁杂的人世困乱之中，寄托人的灵魂，在那里，可以有和谐静穆，可以安身立命。周教授还概说了吴先生的人生价值观，他说：

吴先生为了说明人生或生活在价值论上的意义，他又把他的“万物品级表”简化为三层世界（three levels or orders of Being），即天（God）、人（Man）、物（Nature）：在天，有天理；在人，有人情；在物，为物象。人在天与物之中，可有向上向下的趋向，这就是价值的根源。也可因对天、人、物三者态度之不同，而发生三种不同价值。

原来，天或天理，是以全爱、至爱为特点，作为普遍的文化，盛行于欧洲中世纪及印度等国，如耶稣教、佛教，是专重“一”或天的表现。人或人情，注重等差之爱、偏爱，仁智双用，如在希腊罗马与中国儒家的人文主义，重道德，这是“一”与“多”兼用的表现。至于物或物象，无爱（亦无不爱）可言，重视它的结果，产生了科学与自然主义；有成绩，亦不是全无价值，不过不如前二者多而已。至少，它为价值提供了必要条件。这是特重“多”的表现。

吴先生这种三层价值论，和印度区分天堂（Paradise）、净土（Purgatory）、地狱（Hell）三部确有不同，但同中国过去所谓“天地人三才”，却有些相似。不过吴先生的天人物是从西方的价值论推衍出去的，直接来源，恐怕是文艺复兴时期西班牙人道主义者斐微斯（J. L. Vives，1494—1540）的著名著作《关于人的寓言》（A Fableabout Man）。其中要义是：“人有兽性，但更重要的是具有理性和上帝的不朽性。”人就在这两种性质中徘徊上下，升降。这很像是吴先生的“人是一多并在”的见解。

从吴宓先生自身的讲述和周辅成教授的阐释，可以看到吴宓先生关于“文学与人生”的三个基本观点：

（一）人生作为世界舞台，它展示着各种人物、各种角色的各种命运，人生是多样的，文学也是多样的。人生千姿万态，文学也千姿万态。

（二）文学不仅呈现现实世界，而且可以通过理想超越世界。文学使人生多了一个安顿之处，使心灵多了一个存放之所。

（三）人生有“大”、“小”之分。文学对两者都有兴趣。问题不在于表现大人生还是小人生，而在于作家用什么态度与方式去表现，并表现出其中的意义。

（二） 人生千姿万态

吴教授与周教授讲的都不错，我一面加以引申一面也讲讲自己的观点。人生的确像舞台，的确千姿万态。什么是人生？人生就是到地球来一回的经历。有人说，到“地球”来一回，就像到“地狱”来一回，经受的全是苦难，这种说法与佛教所说的“苦海无边”相通。有的人则说，到地球来一回，不过是把地球当作大球一样，踢踢球，玩玩球，游玩人生，戏弄人生。也有的人说，到地球来一回就像做一场梦，人生如梦，人生如幻，“对酒当歌，人生几何”。人生不仅千姿万态，而且千奇百怪。人生说不尽也写不尽。如果用最简单的话说，便是人生乃是人性加生活。人性是人生的深层；生活是人生的表层。全世界的人类都在生活，而每个个体又都具有不同的人性，所以呈现在表层的生活，也就五花八门。就已有的文学而言，我们看到作家笔下的人生就有无数类别。有伟大的人生，也有渺小的人生；有辉煌的人生，也有惨淡的人生；有壮丽的人生，也有卑微的人生；有平常性的人生，也有传奇性的人生，等等，这是常见的说法。还可以换些角度和语言说，例如可以说人生有圣贤人生，也有盗贼人生；有英雄人生，也有平常人生；有神性人生，也有鬼性人生；有狮虎人生，也有鸡犬人生。还可以换另一种语言说，有大写的人生，有小写的人生；有劳力者人生，有劳心者人生；有奴役者人生，有被奴役者人生等，根本说不尽，也写不尽。

说人生多样，很对。但说一生归一，也对。因为不管是什么人，不管是帝王将相、才子佳人还是平民百姓，三教九流，最后都要抵达同一终点，这就是坟墓。不管死亡之前人生如何千差万别，但最后都要变成骷髅，化为灰烬。因为人意识到终有一死，人生有限，所以才发明了文学、哲学、宗教、文化艺术等精神门类。这些精神门类，包括文学，就是人类为了让自己的人生得到延续与发展，让心灵生命比肉体生命更长久。

因为人生多彩多姿，所以文学也多种多样。有传奇性的人生，如笛福写《鲁滨逊漂流记》、大仲马写《基督山恩仇记》、施耐庵写《水浒传》等，会有许多人喜爱；而如契诃夫写小人物，《金瓶梅》写小女子，即写平常性人生，也会有许多人喜欢。人生那么丰富，那么纷繁，怎可以要求作家一律要写“高大全”的英雄，一律要写“阶级斗争”的人生呢？

（三） 人的两种存在方式

高行健在“文学的理由”演讲中（诺贝尔文学颁奖仪式

上的讲话）特别提及一个作家的名字，他叫作费尔南多－佩索阿（Fernando Pessoa）。我国的著名作家韩少功也翻译过他的作品。佩索阿是葡萄牙的诗人与作家，生前写过一万多首诗，但很少人知道他的名字与作品。死后才闻名于世。他把人的存在状态分解为两种。第一种是由梦幻构成的真实存在，它产生于孩提时代并可持续一生；第二种是由外表、言谈和行动构成的虚假存在。法国作家莫林与凯恩在《地球　祖国》（三联书店，1997 年—1998 年）一书中引述佩索阿的话并发挥说：我们身上同时有两种存在，即平淡状态的存在和诗意状态的存在。这两种存在构成我们的存在方式，并形成相互依赖的两级。如果没有平淡，诗意便无从谈起。诗意状态的表现是与平淡状态相对而言的。平淡状态的我们处于实用性与功能性的环境中，其目的也是实用性和功能性的；诗意状态可以和爱情或友好的目标联系在一起，但诗意本身也是目的。

人生确实包含着两种存在状态。而文学对于人生的意义恰恰在于它可以让读者超越人生的平淡状态而进入诗意状态。好的文学，它可以帮助人们保持和发挥童年的梦幻，可以帮助读者保持和充实生命的本真状态。因此，如果有人问：文学对于人生有什么用处？那么，我们就可以回答，文学对于人生没有什么实用价值，但它可以带给人生以诗意，让人在地球上的生活化作“诗意栖居”。

（四） 文学与人生三大悲剧

人生太多样、人生太丰富，仅是人生内涵就说不尽，再加上文学就更丰富、更说不尽。我读过讲“基督教人生观”的书，也读过讲“佛教人生观”的书。在中国，儒家讲人生，道家讲人生，墨家讲人生，名家讲人生，都各有系统。20 世纪之后，仅我国学界，讲人生的书籍就难以计数。梁漱溟先生讲“人生三大路向”即宗教人生、道德人生、艺术人生，足够我们讲授几天。所以我今天只是借着吴宓先生的话题，尽可能在最短的时间里讲述“文学与人生”的核心内容。首先我要讲人生的三大悲剧。李泽厚先生在《历史本体论》里概说了人生具有三大悲剧：一是自然悲剧，二是人为悲剧，三是个人悲剧。他说得很简明，你们可能忽略了这部分内容，所以我简要阐释一下。

所谓自然悲剧，乃是佛教所发现的生老病死这种悲剧。“生、老、病、死”这四个字，真是“天网恢恢，疏而不漏”。哪怕你是帝王将相，哪怕你是总统元首，也跑不掉。《红楼梦》里，妙玉宣称她最喜欢范成大的诗句是“纵有千年铁门槛，终须一个土馒头”，这句话的意思是：地位再高，权力再大，财富再多，门庭再显赫，最终还是得走进坟墓（土馒头），这难道不是悲剧吗？人一生下来，一方面走向成年，一方面（放远一点看）其实也在走向死亡。在死之前的人生过程，哪一个能逃离疾病？哪一个能逃离衰老？人努力学习，努力积累而走向成熟，可是最成熟的时候也是最接近死亡的时候，这不是悲剧是什么？

仅仅人的衰老就会造成大悲剧，莎士比亚的《李尔王》、巴尔扎克的《高老头》，作品中的主人公曾经那么辉煌，然而，一旦衰老，连女儿们都要抛弃他。多少绝世美人，年青时曾被英雄豪杰追恋，一旦苍老色衰，则被弃之墙尾。这种悲哀，造就了多少动人诗篇！

自然悲剧之外是人为悲剧。此种悲剧往往比自然悲剧更可怕。我和我的中国同龄人，经历的人为悲剧是“阶级斗争”旗帜下的“政治运动”，这种运动，钱钟书先生称作“口戕口”的运动。表现是口戕口，内则心戕心，实际上是人戕人。“文化大革命”就是“人为大悲剧”。人为悲剧中最严重的是战争。20世纪人类竟进行了两次世界性战争，经历了两次灾难性的死亡体验，不知流了多少血，死了多少人。如果说，自然悲剧中最严重的事件是瘟疫，那么，人为悲剧中最严重的事件则是战争。加缪的名著《鼠疫》，写的是大瘟疫；荷马的《伊里亚特》写的是大战争。战争和爱情一样，都是文学的基本母题。荷马史诗之后，写战争的经典作品有莎士比亚的《安东尼与屈力奥特佩拉》、托尔斯泰的《战争与和平》、雷马克的《西线无战事》、冯内古特的《第五屠场》和海勒的《第二十二条军规》等。我国当代文学的前半期（1949—1979），主流作品几乎都在写战争，《红日》《红旗谱》《林海雪原》《保卫延安》《沙家浜》《红色娘子军》等。战争题材的作品中有讴歌战争的，有反对战争的，有不分正义与非正义的。80年代里，我国的新一代作家，对战争的态度有很大的转变，如莫言所写的《红高粱》、陈忠实所写的《白鹿原》等作品，其基调已不同以往。优秀的文学作品都不是单纯写战争，而是写战争中表现出来的人生、人性、人情等。我国古代诗词有许多书写战争题材，如杜甫、岑参、辛弃疾等，展现的多半是战争时代人民的苦难。

自然悲剧、人为悲剧具有普遍性，但写出的作品却可以带有个性。这就取决于作家用什么角度、什么方式去写。同样写二战，伯尔就写出特色来，我在《罪与文学》作了分析，同学们可参考。与自然悲剧、人为悲剧不同。个体悲剧则是由于每一个人性格、欲望、命运不同所形成的悲剧。所以个体悲剧也可称为“性格悲剧”与“命运悲剧”。古希腊的《俄狄浦斯王》写的是命运悲剧（难逃杀父娶母的宿命性悲剧）；到了莎士比亚，写的几乎是性格悲剧，哈姆雷特，奥赛罗，李尔王，麦克白，都是性格的悲剧。巴尔扎克的《欧也妮·葛朗台》，福楼拜的《包法利夫人》，左拉的《娜娜》等写的是欲望的悲剧。

（五）“为人生而艺术”也受到非议

既然文学与人生如此密切，那么，五四时期有些作家提出

“为人生而艺术”照说就应当得到所有人的认同。然而，并不那么简单。五四时期的文学阵营主要分为两大派。一派是创造社，主张“为自我而艺术”和“为艺术而艺术”；一派是文学研究会诸作家，主张“为人生而艺术”。“为艺术而艺术”的意思是说“文学无目的”，文学本身便是文学的目的；“为人生而艺术”则认为文学应服务于人生。1920 年北京的一些作家成立“文学研究会”，由郑振铎起草文学研究会章程，由周作人起草文学研究会宣言，由沈雁冰担任《小说月报》编辑主任。除了这三人之外还有郭绍虞、朱希祖、瞿世英、蒋百里、孙伏园、耿济之、王统照、叶绍钧、许地山等，鲁迅、冰心也属于这一派。文学研究会成立的第二年，也就是 1922 年，创造社才成立，创造社的骨干有郭沫若、郁达夫、成仿吾、王独清、穆木天、叶灵凤、周全平、郑伯奇、蒋光慈等。创造社主张文学无目的，文学本身便是文学的目的“为人生而艺术”便面临着“为艺术而艺术”的理念挑战。1923 年另有一派崛起，这是邓中夏、恽代英、萧楚女等激烈的革命作家，他们对“为艺术而艺术”和“为人生而艺术”的思想都不满意，他们认为，文学研究会所为的“人生”，乃是“个人的人生（少爷小姐的人生）”，“绝不是社会的人生”。这一派乃是中国早期的马克思主义理论派，后来愈来愈激烈，最后规定文学只能服务于社会，这其实是政治化的人生，变成了“为政治而艺术”，把文学变成为政治服务的工具。

我们在讲“文学常识”，不是讲“现代文学史”，所以不再多叙述了。但是，与“常识”有关的是在上述三种意见特别是“为社会而艺术”和“为革命而艺术”的思想逐步占上风时，中国又出现了一种影响很大的美学观点，这就是朱光潜先生所提出的两种人生观其实是两种文学艺术观：一种是演戏人生，一种是观戏人生。用他的话说：有两种看待人生的方法，一种是“把自己摆在前台，和世界一切人物在一块玩把戏”；另一种是“把自己摆在后台，袖手看旁人在那儿装腔作势。”（1928 年 3 月，《谈人生与我》）朱光潜先生于 1925 年出国深造，这之后他发表了著名的给年青学生的十二封信，告诉年青朋友说，人本是世界大舞台上的一个演员，那么，该选择什么角色呢？他主张聪明人应选择后台人生，即台下人生。站在台下“旁观喝彩”即可，这就是“超世观世”的人生观与文学观。朱光潜先生不仅受克罗齐的影响，还受尼采的酒神精神与日神精神的影响（参见《悲剧心理学》中译本自序），他自己选择的是日神精神，即冷静（静穆）观照人生的精神。朱先生这种鲜明的审美超脱态度深得沈从文、周作人的共鸣，却引起鲁迅等左翼作家的强烈反感。鲁迅先生在《且介亭杂文》的《“题未定”草》一文中批评了朱光潜先生的“静穆”美学观。在 30 年代，中国仍然危机重重，民不聊生，可谓“国难当头”。用鲁迅的话说，这个时代是“风沙扑面”，“虎狼成群”，怎可以讲幽默、闲适和“静穆”？七八十年过去后，我们再看看当时的争论，会觉得鲁迅先生和朱光潜先生都有道理。鲁迅先生是持“国家兴亡，匹夫有责”人生态度的人，他不能容忍在“国难当头”的历史语境下，大讲“超脱”，他的精神的确崇高而实际。朱光潜先生讲的则是文学的一般性格。从普遍的意义上说，文学家确实不必要去充当时代舞台（尤其是政治舞台）上的演员，而应当站在台后、台下审视人类功利活动及其得失即可。朱光潜先生主张用审美的态度看待人生，也就是用审美的态度从事文学艺术。这种超越态度倒是从事文学的作家诗人们的基本态度。

（六）文学写作的密码

尽管我对鲁迅先生与朱光潜先生的对立理念皆采取欣赏的态度，但我在“文学与人生”的关系上，还是主张文学应给人生多一点力量，多一点理解与宽容。总的说来，人生充满重负，而数千年来人类在艰难的生存条件下奋斗，神经所以不会断裂，文学艺术确实起到了调节作用。这种调节，包括慰藉，也包括娱乐，但最重要的是力量。人生需要文学，从根本上说，是文学能给人生以力量。

然而，这并不意味着文学必须以英雄主义为旗帜，也不意味着文学作品必须塑造“高大全”的英雄人物，这种思路，至少是文学创作上的幼稚病。但话又得说回来，文学不是不能写英雄，我只是认为，不管是写英雄还是非英雄，不管是写大人物还是小人物，都一定要呈现人性的真实与人类生存环境的真实。不可溢恶也不可溢美。写出这两项真实，便是写出人生的真实。

写出人性的真实与生存环境的真实，并不是容易的事。人性极为丰富、复杂，生存环境也极为丰富、复杂（生存环境还包括复杂的人际环境）。有人说，人性充满困境，生存充满困境。言下之意，人性与生存还有“困”与“不困”之分。实际上，人性本身就是人性困境，生存环境本身就是生存困境。唯有写出无时不在、无处不在的困境，才是真实。我很喜欢莫言的短篇小说《白狗秋千架》，因为他写出了这两种困境、两种真实。小说的叙述者“我”和他的少年女友“暖”的爱情纯粹是一场爱的苦难。青春时期，情爱朦胧，“我”出于爱意而邀请暖去荡秋千，却将她荡入荆棘丛中，致使暖失去了左眼，也使暖变成“残废人”。她因此只能下嫁给另一个残废人“哑巴”。与哑巴结婚后，暖一胎所生的三个孩子也逃不出作哑巴的命运。十几年后，“我”作为师范学校的教师回乡与暖再次相逢。此时，想要摆脱生存困境的暖唯一的心愿就是生一个会说话（非哑巴）的孩子，而唯一实现的可能就是求助于“我”：只有当年把暖送入苦难深渊的“我”此刻才可能成为把暖拖出深渊的“救星”。可是，这样做却面临着道德困境和其他种种困境。正如暖所言，“你有一千个借口，一万个理由说‘不’”，但他又不能不正视的事实是：往日恋人的苦难正是他自己也参与制造的苦果。

小说的结局不是“结局”，而是“困局”。莫言把困局留给读者，让读者去选择，去判断，去进行审美再想象。唯其没有结局，这才高明。我认为，写出人性的困境与人类的生存困境乃是文学创作的密码，莫言的《白狗秋千架》掌握的正是这一密码。

第十九讲

文学与道德

作家既要保持绝对的向善的伦理态度，又不可以在作品中设置伦理法庭，也不可变成道德说教，解决好这个矛盾，才能产生好作家。

（一） 三个基本概念

今天我们要讲文学的另一个重大关系，即文学与道德的关系。要讲清这一关系，没深想，觉得容易，一深想，却很难。

首先，我们应把这堂课的三个基本概念弄明白。第一个是伦理；第二个是道德；第三个是文学。道德本是伦理学中的一个主要概念，但也可以把两者作个区分，即把伦理视作行为规范，讲的是外在的制度，在中国通常被称作“公德”即社会性道德。而“道德”相对于伦理，主要是指个人内在的良知责任和心灵准则，在中国，通常被称为内修的“私德”。文学与“伦理”和“道德”关系非常密切，但它既不是外在的行为规范，也不是内在的心灵原则，而其深层内涵又离不开这两者。文学可以描写道德故事、伦理故事，也可以描写反伦理反道德或不道德的故事，例如可以写土匪嫖客，男盗女娼。也就是说，文学没有什么题材的禁区。六七十年代，大陆批判

"黑八论"，其中有一项叫作"反题材决定论"。先不说这是何等专制，就文学而言，批判者完全不懂得文学。其实，文学作为最自由的精神领域，它什么都可以写，什么都可以作为自己的题材，只是作家必须守持自己对人类负责和对历史负责的基本伦理态度、一种良知底线，即可以书写男盗女娼，但不可诲淫诲盗；可以书写三教九流，但自己不可无耻下流。困难的是，作家既要保持绝对的向善的伦理态度，又不可以在作品中设置伦理法庭，也不可变成道德说教，解决好这个矛盾，才能产生好作家。而这，正是我们今天这一堂课的重心。

（二） 文学可"以美储善"

首先应当肯定的是，文学可"以美储善"，即可"文以载道"、"诗以载德"。

以我国最古老的诗歌总集《诗经》为例。它的第一首诗《国风·周南·关雎》，即几乎人人可以默诵的《关雎》："关关雎鸠，在河之洲。窈窕淑女，君子好逑。参差荇菜，左右流之。窈窕淑女，寤寐求之。求之不得，寤寐思服。悠哉悠哉，辗转反侧。"这首诗本是君子向淑女求爱之诗。可是《毛诗序》特别说明："《关雎》，后妃之德也。"又说："《关雎》，乐得淑女以配君子，爱在进贤，不淫其色；哀窈窕，思贤才，而无伤善之心焉。"后来，朱熹在《诗集传》中又证："周之文王，生有圣德，又得圣女姒氏以为之配。”现代有评注《诗经》者，认定“关雎”与“后妃之德”无关，我们也可作参考。但从诗序到《诗集注》均认为与“德”有关。我们且不作争论，但要肯定一点，诗确实可以载德，文学可以包含巨大的道德意蕴。

㊂ 道德化入文学的关键点

如果说，《诗集》与朱熹在解释“关雎”为“后妃之德”还有点勉强。那么，重温一下托尔斯泰的《复活》，就会觉得道德在文学中可以表现得非常真，非常美，非常动人。罗曼·罗兰在《托尔斯泰传》里说，《复活》可视为托尔斯泰在艺术上的遗嘱。那时他已 70 岁，他注视着世界，注视着生活，也面对过去的错误。小说的男主人公聂赫留道夫，是个 35 岁的贵族，女主人公玛丝洛娃是个妓女。罗曼·罗兰说，《复活》的作者在主人公 35 岁的身体中纳入一个格格不入的七十老翁的灵魂。这个 35 岁的贵族陪审员，在法庭上面对的正是十年前曾被他奸污过的妓女。这个妓女原是聂赫留道夫的姑妈（庄园主）的养女兼奴婢。十年前，他 25 岁的时候，奸污了她，又将她遗弃，从而造成她走投无路而沦为妓女。十年后，这个妓女被指控谋财害命，被送入牢房接受审判。在法庭上，两人巧遇，聂赫留道夫面对当年被自己毁掉的玛丝洛娃，良心受到极大的震动，他真诚地忏悔，决心为她伸冤，并准备和她结婚。他的内心进行了两个自我的对话，这个“新我”决心要通过悔过进行自救，即自我完善。他在日记上写道：

> 两年不写日记，我曾以为决不再做这种儿戏。但这不是儿戏，乃是和自己谈话，和活在每个人心中的真正神圣的自我谈话。这个“我”一向睡觉，我没有人可以交谈。四月二十八日法庭上的非常事件唤醒了他，我是那里的陪审员。我在被告席上看见了她，被我骗的卡邱莎，穿着囚服，由于奇怪的误会和我的错失，她被判做惩役。我刚去看过检察官和监狱。他们不许我见她，但为了见到她，我决定去做一切，在她面前忏悔，消除我的罪过，即使是结婚也行。主呵，帮助我吧。

聂赫留道夫真诚地竭尽全力营救玛丝洛娃，但她还是被判处流放西伯利亚。判后他又毅然陪她到流放地。玛丝洛娃被他的精神所感动而复活了做人的尊严，但拒绝聂的求婚而与政治犯西蒙松结婚，而聂舍弃一切财产，皈依宗教，也完成了灵魂的复活。实际上，两个主人公都经历了一场道德的复活。

托尔斯泰通过这部作品书写道德的复活与凯旋，这是一篇伟大的道德文章。但是，我们只会感到整部作品布满人性的诗意与神性的诗意，不会感到它在进行道德说教，这里的关键是作者已把“道德”化作自己的血液，即自身最真诚的情感，然后再诉诸文字。鲁迅先生曾说，从竹管里倒出来的都是水，从脉管里流出来的都是血。关键是作者本人，即这个创作主体，他的道德感不是他的理念，而是他的血脉、他的生命、他的情感。这样，“道德”就像“盐”化入水中，读者看不见，但又能品尝出味道来，即能感受到其伟大的道德情操，这样的作品就成功了。既然要从事文学，那就必须具有最高尚、最高洁、最高贵的道德情操，但是，又不能陷入道德说教。在此矛盾中该怎么办？托尔斯泰就为我们作出了榜样。

㈣　俄罗斯文学为什么更深邃

对于外国文学，我们既爱莎士比亚，也爱托尔斯泰。从整体上说，我们既爱英美文学，也爱俄罗斯文学。但就个人的阅读兴趣与阅读经验而言，我感到俄罗斯文学更深邃，更深刻，更值得沉浸其中。

这是为什么？就因为俄罗斯文学最彻底地扬弃“为艺术而艺术”的文学理念而最真诚地拥抱人间的苦难。所有伟大的俄罗斯作家，从果戈理到契诃夫，从托尔斯泰到陀思妥耶夫斯基，他们的灵魂都被人间的苦难抓住。也就是说，他们都拥有最高的道德感，拥有最高的良心感。《复活》为什么如此感人，也正是呈现了作者（托尔斯泰）最彻底的良知责任。主人公身为贵族，但为了道德上自我的完成，他可以抛弃一切，包括财产、名声、地位，甚至可以在妓女面前下跪。在他心目中，道德高于一切。

与中国文学相比，俄罗斯文学中的道德感往往表现得更为深厚。《红楼梦》中的贾宝玉，其心灵也是被人间的苦难所抓住，他最后的选择是出走，即逃离苦难，去寻找自由自在的生活。陀思妥耶夫斯基《卡拉马佐夫兄弟》中的阿廖沙，他选择的是重新回到大地，热烈地拥抱大地的苦难，即和一切受苦受难的人们一起承受苦难。在俄罗斯东正教的观念里，唯有拥抱苦难才能向天堂靠近，因此，苦便是乐，愈是痛苦，愈是快乐。这种观念实际包含着深邃的责任意识。俄罗斯文学因为拥有这种传统，所以根本和“为艺术而艺术”的理念格格不入。

㈤ 离开人便没有善恶之分

讲到这里，请同学们注意两种不同的“道德”。一种“道德”是超越时空，甚至超越伦理制度而带永恒性的道德，这是宗教性道德，例如诚实、勇敢、无私、正直、同情心等；还有一种是受伦理制度制约即不同制度、习俗、规范之下的道德，即社会性道德，这部分道德的内涵带有相对性。例如在伊朗等伊斯兰国家中，一夫多妻是合道德的，在中国则不合道德。在中国清代，因有一妻一妾的婚姻制度，所以男人拥有小妾是正常的；今天，中国实行一夫一妻制，纳妾则被视为不道德。因此，道德判断不仅有时代性，而且有朝代性。但文学却不仅超越朝代，而且超越时代。它只注重人性，所以对某种制度下的“反道德”行为就可能会从人性的角度给予同情，甚至讴歌。也就是说，作家在文学中不刻意展示善恶，只是描写活生生的人与人性。没有人，也就无所谓善恶。另一方面，作家主体只是一个平常人，而不是包公。作家既不能充当政治上的大法官，也不能当道德上的包青天。包青天铁面无私，不苟言笑，内心充满道德义愤。他审判中了状元而抛弃妻子的陈世美，并非政治审判而是道德审判。这种作品不能进入人性深层，因为其文本重心并不是揭示陈世美人性的困境，而是表现包青天的道德勇气，即敢于面对皇亲国戚而维护伦理原则。因此，这个剧本尽管广受老百姓欢迎（迎合老百姓的伦理需要），但并不算好的文学作品（戏剧文本）。在作品中设置道德法庭，这是过去我国很多作家所犯的错误，认为作品要除恶扬善，殊不知这是对文学很肤浅的认识。比如过去的八个样板戏，好人站一边，坏人站一边，再设计一个情节将坏人揪出来。我将这种写法称作“世俗因缘法”。

在“世俗因缘法”之下，文学作品就会设置残酷的道德法庭。例如，同样是一个婚外恋的女子潘金莲，在《金瓶梅》里，她只是一个平常的女人，无善无恶，作者只描写她，呈现她，并不谴责她，审判她。《金瓶梅》作为一部现实主义作品，它的长处恰恰在于不设道德法庭。而在《水浒传》中，这个潘金莲，则是万恶之首。施耐庵让英雄武松来杀她，并把她的五脏六腑挖出来祭奠武大郎的“亡灵”。《水浒传》这部小说，从思想指向而言，是英雄主义、大男子主义与伦理主义的结合。其英雄的第一代表李逵，有两个显著特点：一是嗜杀，二是不近女色。因他不为女色所动，所以占领了道德制高点，连宋江都低他一头。李逵生性暴躁，滥杀无辜，他借宿四柳村狄太公家时，理直气壮地将一对正在热恋的青年男女残忍剁杀，支撑他的正是道德法庭。而对于武松残杀曾经爱恋过自己的嫂子潘金莲这一行为，作者的笔调又完全赞颂。潘金莲是个不幸的女子，她逃离一次黑暗的婚姻之后，又无奈地下嫁给矮小的武大郎，在人性上再次被扭曲。这种在情感上被严重伤害的女子，通过婚外恋的方式寻求慰藉本来值得理解、同情。但是，《水浒传》把她推入罪恶的深渊，然后由武松的大刀对她执行最残酷的道德审判。与之相比，《金瓶梅》也写潘金莲，但它严守写实的原则，以中性的态度呈现这个多情“淫荡”女子。《金瓶梅》不愧是伟大的现实主义小说，它的高明之处，就是不设道德法庭，只写人性的原生态；或者说，只呈现人性的真实，不作道德的判断，这才是文学的真笔法。《红楼梦》中的秦可卿，也是婚外恋的女子，她与公公贾珍的情爱，从道德上说，简直已达到乱伦的程度。但曹雪芹不仅不谴责，不批判，反而把她塑造得极美，极可爱，以“兼美”称之，即兼有黛玉的伤感之美和宝钗的端庄之美，还有妙玉的超脱之美、探春的干练之美。秦可卿去世时，曹雪芹更让她享有最高的哀荣。可是我们知道，秦可卿是一个“潘金莲”式的人物。这种人在焦大（贾府的家丁兼“道德家”）的眼里当然是淫妇。所以他才大骂贾府除了两个石狮子之外，没有一个是干净的。但是，曹雪芹没有落入焦大的水平。只让焦大表现一下自己的道德义愤，而不把这种义愤当作小说的基调，更不设置道德法庭。曹雪芹完全超越了世俗因缘法，而用审美的法度来看秦可卿。这才是真文学。

㊅　文学应立足于审美境界

文学不能落入“焦大”的水平，这是曹雪芹给我们的伟大启迪。曹雪芹写焦大，让他以贾家功臣的口吻痛骂宁国府，痛骂贾珍与秦可卿“爬灰”。但是曹雪芹本人却把秦可卿放在最高的审美殿堂上。

我们还要补充说，文学不仅不能落入“焦大”的水平，也不能落入“包公”的水平，即作家本人不能充当“包青天”，扮演“断案”的角色。尽管包公正义凛然，拥有剔除人间不平的公正之心。当然，作家主体有一点是与包公相通的，这就是不畏权势、超越势利，敢于直面世道的黑暗，敢于为民请命。但是，作家、诗人的境界又高于包公的境界，即高于断案式的分辨善恶的境界。作家、诗人无需随身带上“尚方宝剑”，他也绝不在乎“皇帝的权威”，更无须携带“杀人的铡刀”。他们既同情秦香莲，也同情陈世美；既理解秦香莲的生存困境，也理解陈世美的人性困境。

在中国传统的戏剧舞台上，包公和李逵的形象有相似点，即都是“黑脸英雄”，都是“怒目金刚”。一个用大斧头，一个用铡刀，两者皆刀下无情。除了外部形象相似之外，两者都占领道德制高点。而作家、诗人虽然拥有清醒的道德态度，但不设立道德法庭，也不占领道德制高点。他们都力求站立于审美制高点，这是超越道德境界的审美境界。莎士比亚如果只有包公境界，那他笔下的麦克白就势必要处以砍头的极刑。然而，莎士比亚却站在天地境界观看麦克白，让他内心左右冲突，让他的灵魂进行鲜血淋漓的挣扎，不是简单判定他为恶人、坏人就了事。而这才是真悲剧、真文学。

第二十讲

文学与文化

文学虽然只是人文的一部分，但它又是文化中最生动、最富有情感与情趣的部分，它也是文化体系中最贴近生活、最贴近人性的部分，因此，也是最敏感的部分。

(一) 什么是文化？

今天本来想讲文学与社会，后来觉得这对关系别人讲得太多了，便选择讲述文学与文化。

首先又碰到一个问题：什么是文化？许多书籍都在定义文化，但总是定义不清。我们不走这条路，不想把文化“本质化”。因为“文化”二字已被滥用，其外延与内涵都被扩张得难以说明。例如一讲起文化，就会想到是指物质文化还是精神文化。“文化”与“文明”有什么不同？现在多数人倾向于说“文明”更侧重物质工艺（技术）层面，而“文化”侧重于精神层面，可是，这又与《辞源》的内涵相反。文化的英文是 Culture，本是“农业”的意思，讲的恰恰是物质；而文明 Civilization，本来意为“城邦”，则让人想到的是希腊城邦精神。文化还有上层文化与下层文化之分，宫廷文化与民间文化之分，宗教文化与世俗文化之分，精英文化与大众文化之分，雅文化与俗文化之分，即使只限定于精神文化，也还有大精神文化与小精神文化。小精神文化，每天都离不开，即每天我们都会唱点歌，跳点舞，说点幽默；大精神文化如宗教文化，如人文、科学，这其中又可分门别类。仅说人文就有哲学、历史、文学、人类学、伦理学等许多学科。因此，要给这么丰富的内容作个统一的囊括一切的定义实在太难。鉴于此，对文化只能作大体的把握，所以我便把文化界定为区别于动物的，由人类创造的意义系统。不同种族、不同地域所创造的意义系统，既有相通之处，也有千差万别。每一种大文化都不是十全十美，也有长处与短处。如果短处发展到极端，就会走向灭亡。人类历史上的一些大文化（也被称为大文明），如巴比伦文化、玛雅文化、印加文化、古埃及法老文化、东印度文化都已灭亡。我国以汉民族为主体的中华文化却延续数千年而未灭亡，这是为什么？许多学者对此都有研究。有人说这是因为中国文化中有个儒家思想核心；有人说，因为中国有统一的文字、统一的度量衡、统一的行政帝国。这些都对，都说出了一部分原因，但归根结蒂是中华文化与现世生活比较贴近，也就是比较合情理。不仅有西方的“合理”，还有自己的“合情”。今天是文学课，不是文化课，不能再往“文化”的深处走了，我们只能抓住这两者的关系，再继续讲述。要明了文学与文化的关系，必须认识三个要点：

（一）文学是文化的一部分

首先应当明了：文学是文化的一部分，文化概念大于文学概念。也就是说，文化的内涵大于文学的内涵，文学只属于精神文化中的人文部分，而且只是人文的一部分。“人文”通常是指哲学、历史、文学。但文学只代表人文的广度，历史才代表人文的深度，哲学则代表人文的高度。在人文科学中，历史是基础。离开历史就谈不上人文学问。文学虽然只是人文的一部分，但它又是文化中最生动、最富有情感与情趣的部分，它也是文化体系中最贴近生活、最贴近人性的部分，因此，也是最敏感的部分。“春江水暖鸭先知”，文学就是先知型的“鸭子”，它往往最敏锐地感受春暖秋凉、人情起落。有人说诗人最接近疯子，这也道破了部分真理，因为诗人最敏感，它能最早捕捉住天上人间的全新气息。

但文学与文化的关系，并不是一种机械的固定的关系，两者常常是互动的，其中既有互补，也有冲突。文学既从文化中得到营养，也常常反抗文化，下面分别讲一下两者的互补互动。

（二）不同大文化下的文学差异

从20世纪初期至今一百年，中国学人与作家常常谈论中西文学的差异，以致形成中西文学的比较学科。但要真正了解中西文学的差别，就不能不正视中西文化的区别，只有在中西文化区别的语境中，我们才能看清许多根本性的文学现象。例如，可以断然地说，但丁与陀思妥耶夫斯基，只能出现在西方，只能出现在天主教与东正教这种大宗教的语境里，不可能出现在中国。反之，《红楼梦》只能出现在中国，特别是出现在佛教已经降临的中国，不可能出现在西方。无论是欧美还是俄罗斯都不可能出现曹雪芹。这是因为中国文化与西方文化完全不同。西方的文化是上帝文化、天主文化，中国文化是没有上帝的天道文化。西方文化是“两个世界”（人世界与神世界，此岸世界与彼岸世界，肉世界与灵世界）的文化，中国只是“一个世界”（人世界）即现实世界、此岸世界的文化。因为中国只信现世世界，不相信人死后可以进入天堂，所以就把死亡看得很重，于是出现许多生离死别的诗文，挽歌也就特别发达。与西方文学相比，我们会发现中国感慨人生无常的作品特别多，抒发离愁别绪的诗词也特别动人。

鲁迅先生说他读了陀思妥耶夫斯基之后，不想再读第二遍了。他知道陀思妥耶夫斯基的伟大，知道其开掘灵魂的深。但他自己无法像陀思妥耶夫斯基那样去把握人与世界，无法那样写作。他明白两种不同文化的巨大差异横在他与陀氏之间。鲁迅先生说得好，中国君临的是礼，而俄国君临的是神。一方是礼教，一方是宗教。鲁迅不可能像陀思妥耶夫斯基那样去赞美苦难，拥抱苦难。他恰恰要唤醒中国人走出苦难，决不可以“认命”，也绝不可以“安贫乐道”。我在《红楼四书》里把曹雪芹笔下的贾宝玉与陀思妥耶夫斯基笔下的阿廖沙作了比较。这两个不同的形象和他们的选择正是两种大文化的结果。贾宝玉最后离家出走，逃离苦难；而阿廖沙则走向大地，与他人一起拥抱人间苦难。这里固然有个人的选择，但更为重要的是两种大文化下的抉择。

（三）文学往往是文化变革的动因

刚才讲到文学受到大文化影响与制约的一面，但文学还有非常主动积极的一面。这是文学又往往是文化变革的动力即文学推动文化发展的一面。大家知道，我国的五四新文化运动的先锋乃是新文学运动。“五四”新文化运动批判中国的旧文化，批判以孔家店为标志的旧道德、伪道德，掀起了一场声势浩大的启蒙运动。这场文化大变动的“第一小提琴手”正是文学，它发端于1917年《新青年》的两篇号角式的文章，一篇是胡适的《文学改良刍议》（1917年1月1日），一篇是陈独秀的《文学革命论》（1917年2月1日）。这之后，又有周作人的《人的文学》。

除了文学论说之外，还有鲁迅等一批作家进行一场用白话文写作的语言试验。鲁迅用白话文成功地写了新小说《狂人日记》等，胡适用白话文尝试写作新诗。鲁迅、胡适、郭沫若等一批诗人作家，既是新文学的先锋，又是新文化的先锋。他们从文学入手，把文学当作提倡新文化的动力。以鲁迅先生为例，他成功写出了精彩的白话小说。这些新小说的精神内涵又带有思想性与启蒙性。它涉及妇女问题、农民问题、知识分子问题、国民性问题，这一切都是大文化问题。但这些文化问题不是通过历史、哲学、宗教来表述，而是通过文学来突破。

所以完全可以说，是新文学推动了新文化。

中国如此，西方也是如此。最著名的例子便是发生在14世纪的文艺复兴运动。这场运动，实际上是西方文化大变革的运动，是人从宗教神权统治中挣脱出来的伟大思想解放运动。运动的先锋是文学与艺术，艺术的代表人物是米开朗基罗、达·芬奇与拉斐尔，文学的代表人物则是但丁。但丁以他的《神曲》强有力地冲破神权的主宰，他把当时的主教也送入地狱，这是何等了不起！

（二） 文学中的文化冲突

文学与文化关系中有一项值得注意的现象，是文学作品常常展示不同文化取向的冲突。这种冲突形成文学的重大精神内涵。最常见的是旧传统观念与新时代观念的冲突。许多作品书写父与子的矛盾，父子在“代沟”的背后便是新旧文化的冲突。无论是屠格涅夫的《父与子》，还是巴金的《家》《春》《秋》，还是《红楼梦》中的贾政与贾宝玉，其父子之间的冲突并不是个性的差异或财富分配的矛盾，而是两代人不同文化取向的矛盾。我在《红楼四书》中作了分析，说贾政乃是贾府中的孔夫子，他代表的是儒家文化，其文化取向是重伦理，重秩序，重教化；贾宝玉则是贾府里的庄子，他体现的庄禅文化，其心灵蕴含的是重自由、重自然、重个体的理念。与此相应，《红楼梦》中钗与黛的冲突也与父子冲突的内涵相似。宝钗是儒家文化的生命晶体，心灵方向与贾政相通；黛玉是庄禅文化的生命极品，心灵方向与贾宝玉相通，所以宝钗只能作为宝玉的妻子，黛玉则可作为宝玉的知音。《红楼梦》中的其他女性，也都折射中国的某种文化，例如，王熙凤折射的是法家文化；史湘云折射的是名士文化；袭人折射的是道统文化，晴雯折射的是异端文化。我说的是“折射”，不是“载体”，也不是“号筒”。如果把她们写成某种文化的符号或文化理念的号筒，那就失败了。《红楼梦》的成功在于写出每个女子的个性，又写出了她们的性情都映射着某种文化光辉，因此，既生动又深邃。

我还很喜欢纳博科夫的《洛丽塔》。喜爱的原因除了纳博科夫塑造这个少女形象极有个性从而给美国文学作了巨大的补充之外，还有一个原因是这部作品所折射的巨大文化象征意蕴。其男主人公亨伯特，几乎是个老人，但他还保留着某种天真与激情，他死死地追恋 12 岁的少女洛丽塔。这个形象可视为欧洲残存的浪漫主义文化。而那个年仅 12 岁的少女，却一点也不天真，她世故、老练、满肚子是功利算计。这个形象可视为美国的实用主义文化的象征。我在《纳博科夫的大寓言》散文中如此写道：

读《洛丽塔》时我读得有点“惊心动魄”。也许是残存的儒家道德心理在作祟，面对一个成年学者与十二岁少女的恋爱故事，总觉得有点“离谱”。读完后，有朋友问：什么感觉？我回答说：这是一个美国小女巫的故事，相当可怕的故事。阅读几年后，大约是感受美国与感受欧洲愈来愈深，竟发现了纳博科夫的天才之处，即发现《洛丽塔》是美国文化与欧洲文化象征性极强的伟大寓言。小说的男主角，文本的自白者、死囚亨伯特，原是流亡欧洲的俄国学者，一个中年男人，当他应聘到美国任教时迷恋上年仅十二岁的少女、房东的女儿洛丽塔（原名多拉）。为了赢得接触洛丽塔的机会，他娶了房东太太。这之后，房东太太因车祸突然死亡，他就带着洛丽塔从东部到西部一路游荡，并得到洛丽塔。但是，这个美国少女，不仅任性反复无常，而且很有心计，她利用亨伯特的恐惧心理而逃出他的纠缠。亨伯特在洛丽塔逃亡后仍然一片痴情地寻找，三年后终于在一间破旧的木板房里找到她，可是此时的洛丽塔已失去少女的光彩，亨伯特在爱恨交加中开枪杀死了洛丽塔的丈夫，他自己也被判入死牢，演成一场悲剧。反复阅读之后，我终于读出这个亨伯特，既是欧洲学者，其实也正是欧洲文化的象征。他虽然老了，但仍然有理想，有激情，有传统的浪漫气息。他的恋少女癖，与其说是生理病症，不如说是追求生命之美的理想。小说的故事让我感到意外的是这个年长的欧洲学者尚有天真与浪漫，而象征着美国这一新生国家的少女洛丽塔却功利得不得了，实用得不得了，物质欲望也强烈得不得了。她既没有托尔斯泰笔下那位娜塔莎的天真，也没有安娜·卡列尼娜的浪漫，甚至也没有福楼拜《包法利夫人》里那个爱玛的女子气息，更没有林黛玉的真情真性。她简直比亨伯特还苍老。

(三) 文化批判与文学批评

文学与文化还有一重深刻的矛盾，是文化价值指向与文学形成的矛盾，说得更白一点，乃是即使作品中的文化内涵即精神内涵很有问题，但文学形式却可以很有审美价值。例如日本的现当代文学中，我们都知道川端康成、大江健三郎获得诺贝尔文学奖，很有名气，但比他们两个拥有更大创作气魄，也更有艺术价值，堪称大作家的却是三岛由纪夫，但他不可能获得诺贝尔文学奖，因为他守持的文化理念是武士道精神，即暴力性质的大和民族主义精神，这与诺贝尔的和平“理想”不相符，也与多数中国人与多数日本人的价值观不相符。三岛由纪夫的小说写得很精彩，很有魅力，我很喜欢阅读，但读的时候总是提防着中毒，我知道其中蕴含着很浓烈的文化毒素。前几年我写作《双典批判》，对我国的两部小说经典《水浒传》与《三国演义》进行批判。在序文中，我就声明，此书不是文学批评，而是文化批判。从文学批评的角度上说，我仍然承认双典还是文学经典，能把一百零八个英雄写成一百零八种性格，这很了不起。能塑造出诸葛亮、曹操、刘备这种典型性格，也很了不起。中国人喜欢读这两部小说并不奇怪，这除了中国本身有“水浒气”与“三国气”（国民性基础）外，还因为小说本身确有艺术魅力。但是，这两部小说蕴含着破坏世道人心的文化剧毒。《水浒传》宣扬的是无论使用何种手段——包括最黑暗卑鄙的手段——进行“造反”都是“合理”的，无端地把 4 岁小婴儿（小衙内）砍成两段也合理；《三国演义》则鼓吹只要维护正统皇权，也可以任意烧杀，使尽一切阴谋诡计。所有的骗局都合理，谁伪装得最好，谁的成功率就最高。这些思路都是文化，“双典”的文化价值观就隐藏于小说的叙述中。因为这两部小说艺术性高，这种文化毒素便散布得很广，而读者又被它们的艺术魅力所征服，结果就不加思考地全盘接受小说中的文化观念，于是日常生活行为中，不惜如李逵那样不分青红皂白地“排头砍去”，也不惜为了事业成功的目的，脸皮像刘备那么厚，心像曹操那么黑，以“厚黑”代替“诚实”，完全摧毁人际交往中的道德原则。“双典”告诉我们，最“好看”的文学作品并非最好的文化精品。

（四） 文化在哪里？

现在，我再讲述一个与作家、诗人最密切相关的问题：文化在哪里？关于这个问题，可以作两种回答，一答曰：文化在图书馆里，即在学问里。二答曰：文化在活人身上，在活人的性灵与语行里。两种回答都对，但前者是学人（学者）文化，后者才是诗人文化。对于作家、诗人而言，要紧的是了解后者，充分地发挥自己的性灵与才华，无须刻意把自己变成学者。

学问与性灵往往有矛盾，或者说，学人文化与诗人文化常常是冲突的。学人文化中的概念常会堵塞诗人的灵性与悟性。这一点，我国的诗论、文论早已提醒。钱钟书先生的《谈艺录》所推崇的袁枚（清）就把“性灵”与“学问”对举，甚至极端地说“学荒翻得性灵诗”，这虽有割裂之弊，但也提醒诗人的性灵不可以为“学”所困。钱钟书先生主张诗人可以“学”，但需学而化之，即最后超越学问而把学问化为自己的心灵。这就像人吃饭与蚕食桑，吃下食下后便“化无机体为有机体”。《谈艺录》的“随园主性灵”一节：“今日之性灵，适昔日学问之化而相忘，习惯以成自然者也。神来兴发，意得手随，洋洋只知写吾胸中所有，沛然觉肺肝所流出，人己古新之界，盖超越而两忘之，故不仅发肤心性为‘我’，即身外之物，意中之人，凡足以应我需、牵我情、供我用者，亦莫非我所有。”（《谈艺录》，北京三联版，2001 年，第 522 页）钱先生的意思是，诗人可以有学问，有记闻，但这一切都要“我化”、“自然化”。有人批评作家的“非学者化”，其实，作家、诗人的非学者化很正常，应提倡的不是作家学者化，而是作家的学问应自然化、性灵化，也就是学人文化终究要演成诗人文化。绝不可以把诗人变成“学究”。最近二十年，西方的文学课堂大讲文化，尤其是大讲法兰克福学派的文化、后现代主义文化等，学生因此而忘了自己的文学初衷。幸而作家、诗人很少进入这种课堂，否则就会把文化批判作为自己的创作出发点而忘记对于诗人来说，最根本的还是“性灵”，而非“文化”。

第二十一讲

文学与天才

不管天才属于什么类型，具有什么不同特点，都具有一个共同的特征，这就是他们身上不同寻常的原创力量。他们都能发前人所未发，创前人所未创。

㈠ 天才的来源

我在岭南大学作过主题为“文学艺术中的天才现象”的演讲。今天再讲这个主题，是因为这个题目对于文学写作者如何认识自己、认识文学都很重要。在岭南大学讲述时，我侧重于艺术，列举的例子多数是艺术家的例子，今天侧重讲文学与文学家。但有些问题是共通的，例如，到底有没有天才？天才是从哪里来的？我当时的演讲一开始就说，关于天才的来源，有四种说法：（一）天才是上帝给的，即天才完全靠天赋。李白说：“天生我材必有用。”他的意思恐怕也是说天才是天生的。（二）天才是父母给的，意思是说，天才是遗传的，人的才能是祖先的基因所决定的。（三）天才是老师与民众（社会）给的，意思是说，天才是教育的结果。鲁迅先生在《未有天才之前》一文中认为，天才需要土壤，没有土壤，天才生长不起来，他说的“土壤”是指“民众”与“社会”。他说得很好：

> 天才并不是自生自长在深林荒野里的怪物，是可以使天才生长的民众产生，长育出来的，所以没有这种民众，就没有天才。有一回拿破仑过 Alps 山，说："我比 Alps 山还要高！"这何等英伟，然而不要忘记他后面跟着许多兵；倘没有兵，那只有被山那面的敌人捉住或者赶走，他的举动、言语，都离了英雄的界线，要归入疯子一类了。所以我想，在要求天才的产生之前，应该先要求可以使天才生长的民众——比如想有乔木，想看好花，一定要有好土；没有土，便没有花木了。

鲁迅提醒社会，一定要给天才以生长条件，如果天才一有灵感或一有特别的思想，就视为"异端"加以扑灭，那就没有天才了。

还有最后一种看法，即认为天才是自给的，全靠自己的努力，自己的勤奋，自己的毅力、定力、耐性等。以上四种意见都对，都道破了天才发生的部分真理，只不过前两种强调先天，后两种强调后天。两种说法都有道理。我上中学、大学时，老师告诉我一个天才的公式，这就是流传得最广的发明家爱迪生的公式，同学们可能也早有所闻，他说天才是"百分之一的灵感加上百分之九十九的汗水"。后来美国著名心理学家华生（Watson）对这一公式作了一个字的修正，意思全变了。他说，这个公式不应是加法，而是乘法，也就是说，天才乃是百分之一的天赋乘以百分之九十九的勤奋。这个字改得好，这样就更准确，更有说服力了。天赋虽然只有一分，但如果没有这个“一”字，即天赋为零，那么，后天再努力也是有限，甚至是白费；但有了这个“一”之后，勤奋或三十三，或六十六，或九十九，乘以“一”就大不一样了。乘法公式仍然强调勤奋的重要，只是实事求是地加了个天赋的前提。有人拥有这个前提，有人没有这个前提，即使有这个前提，其前提的内涵也不同，必须去发现，去试验，去找到最适合发挥的处所。我国的思想家孔子、孟子等，也常常触及这个问题，承认有天赋的、无师自通的生命大现象。孔子将人分几类，有生而知之，有学而知之，有困而知之。其实，人的大知、真知，总是兼有三者，即兼有生而知、学而知、困而知。孟子讲良知良能天生就有。人生下来就拥有区别于动物的不忍之心，也就是“性本善”，这对不对，也争论了两三千年了。我们最好不要陷入争论，还是面对自己关心的文学问题。

（二） 文学天才的不同类型

文学确实需要才能。最伟大的文学家都是天才，只是天才的类型不同而已。我相信，大部分文学爱好者都会承认，莎士比亚与托尔斯泰都是无可争议的天才，他们都创造了人类文学的巅峰。但是，我们却又看到一个“惊人”的现象，那就是托尔斯泰对莎士比亚的彻底否定。这一否定在托尔斯泰开始从事文学之后不久就开始了。他在《论莎士比亚与戏剧》文中表示，他对莎士比亚的反感不是偶然情绪和对问题的轻浮态度的结果。他的态度毫不含糊。他说莎士比亚的代表作《哈姆雷特》是一部“粗野的、不道德的、下流的毫无意义的作品”。他不仅不承认莎士比亚是“天才”，而且谴责他“可怕的虚伪与丑恶”（1903 年 10 月 9 日致谢尔盖、列夫·尼古拉耶维奇·托尔斯泰的信）。托尔斯泰对莎士比亚的评论显然是一种独断论，我们当然不能同意托尔斯泰这种极端武断的批评。但他的独断又使我们看到，托尔斯泰这类“天才”与另一类“天才”的冲突是何等尖锐。我们不应该用庸人的观点把托尔斯泰对莎士比亚的否定，简单地视为“文人相轻”，应当看到，这是两种不同的天才类型的冲突。毫无疑问，莎士比亚是天才，托尔斯泰也是天才。但托尔斯泰的天才特点是高扬道德，热烈拥抱社会是非的“热天才”，而莎士比亚则是把道德态度蕴含于作品深处的“冷天才”。托尔斯泰在说明他不喜欢莎士比亚的原因时，直截了当地说：“莎士比亚是有才能的，但他的才能是冷冰冰的，由于缺乏宗教心而被赞美。”（1897 年，5—6 月）托尔斯泰说莎士比亚“冷冰冰”，就是指其作品缺少强烈的道德情感、宗教情感和是非判断。他说《李尔王》这个剧本，“剧中大量死亡”，好人一个个死亡，李尔王疯了才见到小女儿，最后还让最善良的小女儿悲惨死去。这种结局，托尔斯泰接受不了。好人没好报，恶人没恶报，这对托尔斯泰而言，便是野蛮。俄国著名的文学批评家卢那察尔斯基，在其著作《俄罗斯文学》中称托尔斯泰是社会艺术家，他有“一种天才的特点，即与社会情感、激情紧密相连的、非凡的、特别广阔的生活气息”（转引自上海译文出版社《托尔斯泰研究论文集》，赵先捷文）。托尔斯泰的确充满社会激情，的确充满社会改革的理想，他是关怀社会、拥抱宗教、注重社会道德的典范。在托尔斯泰眼里，莎士比亚太缺少社会激情与道德激情。法国著名作家罗曼·罗兰很喜欢托尔斯泰，并写了《托尔斯泰传》，他感悟到俄国有两类天才，一类是托尔斯泰型，他称之为“正常的天才”，一类是陀思妥耶夫斯基型，他称之为“变态的天才”。他说他更喜欢前者，但两类天才只是不同类型，“并无轩轾可分”。

其实每个民族的文学天才，都有热冷不同的两种类型，也有“正常”与“变态”的两种类型。例如法国的左拉就很热，热到几乎是个社会主义者，而普鲁斯特就很冷，冷到只能追忆，冷到只有心理感觉，没有社会感觉。日本的大江健三郎和他之前的川端康成，也是一热一冷，前者很政治，后者纯艺术。中国现代文学中的鲁迅与沈从文，中国当代文学中的莫言与高行健，也是一热一冷，但都是天才。

㈢　不同类型下的天才特点

同学们还应当注意，天才都是个案。天才总是极有个性。

他们肯定不赞成被归类。我也只是为了讲述的方便才不得不分类，因此在大体上了解文学的天才类型之后，便需要注意他们每个人的不同个性和文本的不同特点。重要的是要说出每个文学天才的奇异之处。

以变态的天才而言，在世界文学史上就有很多。以我国文学而言，古代的贾岛、徐渭（徐文长）、郑板桥、金圣叹等都可视为变态的天才。其中，贾岛被称为鬼才，所谓鬼才，便是变态天才；而明代的郑板桥等扬州十八怪，则个个是怪才，所谓怪才，也是变态天才。明代的徐渭才华横溢，但为人极端变态，最后甚至杀了自己的妻子。在世界文学思想史上，我们看到王尔德、波特莱尔、尼采、陀思妥耶夫斯基等变态的天才。我国现代文学中也出现了白薇、海子、戈麦、顾城等怪异作家、诗人，他们在我的眼里，也是变态的天才。

天才变态，并不奇怪。天才本就具有特异的生理、心理气质，本就“畸形”。而这种畸形一旦再往前发展，就会超现实，超正常，变得如同疯子，或就是疯子。常听说“此人专钻牛角尖”，疯子钻了牛角尖而不能自拔，一点也不奇怪，他们把全身心投入诗，投入小说写作，最后总是以幻想取代现实。然而在此共同点之外，他们每个人的犄角却钻入不同方向。有的钻入疯狂，有的钻入冷癖，有的钻入痴迷，有的钻入颓废，有的钻入庙堂，有的钻入江湖，有的钻入政治，有的钻入自我，有的膨胀欲望，有的膨胀情爱。而文学创作本就没有定法，他们的变态倒是往往符合无法之法，与众不同，所以他们的变态未必是坏事，也未必“不正常”。因此，对陀思妥耶夫斯基那样，变成灵魂的伟大审判者，从而显示“灵魂的深”（鲁迅语），我们也觉得极了不起。让我们对罗曼·罗兰说，我和你不同，既喜欢托尔斯泰，也喜欢陀思妥耶夫斯基。两者都正常，两者都伟大。

（四） 天才的原创力量

不管天才属于什么类型，具有什么不同特点，都具有一个共同的特征，这就是他们身上不同寻常的原创力量。他们都能发前人所未发，创前人所未创。我论述“文学艺术中的天才现象”的理论依据是康德的“天才论”。尽管我特别崇尚康德，但并不照搬他的思想。他说天才只能出现在文学艺术领域，因为这个领域，没有法则，只有无法之法，科学领域则遵循逻辑和宇宙法则，难以天马行空，所以也难以产生天才。对此，我要提问的是，难道牛顿与爱因斯坦不算天才吗？他们不正是突破原来的所有公式、原理、法则才成其天才吗？还有一点，康德说，天才一定要有所发明，不可仅有发现。他把“发明”与“发现”这两个概念严格加以区分，这对我们确有很大启迪。天才确实需要发明，这就是原创。发明，对于科学来说，就是发明新公式。爱因斯坦发明“相对论”，发现 $E=mc^2$ 质能新公式当然可算天才之作。而对于文学，发明则要创造新的审美形式，每一个伟大作家所创造的新文体，都是新形式。五四新文化运动，就是创造语言新形式的运动（以白话文替代文言文），其代表人物鲁迅正因为写出精彩的新形式的新小说，所以可称之为天才。但是，发现就不能称之为天才吗？“千里马”毫无疑问是天才，但发现千里马的伯乐，为什么就不能称为天才呢？其实，伯乐也有原创性，正是他用“天眼”看到一般人看不到的非凡。在文学艺术中，伟大作家常有惊人发现，例如19、20世纪之交的卡夫卡，他的三部代表作《变形记》《审判》《城堡》就是三大发现。发现人卑微无助，变成了一只甲虫；发现人无缘无故成了一个囚犯；发现现代社会在“金玉其外”之内成了一个可望而不可即的迷宫。在全世界都在颂扬财富、资本、技术的时候，卡夫卡却独自完成这种发现，这难道不是“天才”？卡夫卡写出“荒诞小说”，这固然是发明，但如果没有首先完成思想发现，怎会有形式上的创新？近日我读当代文学批评的新秀梁鸿的几篇作品，其中，她在《回到语文学：文学批评的人文主义态度》一文中有一段论述，给我很大启发，她说：

> 昆德拉在阅读《包法利夫人》时不禁发出这样的感叹：“判断一个时代的精神不能仅仅根据其思想和理论概念，而不考虑其艺术，特别是小说。19世纪发明了蒸汽机，黑格尔也坚信他已经掌握了宇宙历史的绝对精神。但是，福楼拜却发现了愚昧。在一个

如此推崇科学、思想的世纪中，这是最伟大的发现。”一部优秀的作品除了提供一种新的美学风格、想象世界之外，它还应该包括对当代社会的积极反应，甚至包括某种鲜明的政治态度，对整个社会生活、现实存在和具体事件的反应，文学从来不可能排除其“政治性”（广义）的属性。科学为了实用，哲学倾心于总体原则，而文学却致力于把人心的混沌、复杂和文明发展的另一面给展示出来，它告诉人们“世界并非如此”，在此，文学发挥了它的公共想象能力，让民众产生新的思想维度，质疑、批判，或重新思考文明、制度的种种。卡夫卡的《城堡》让我们感受到现代官僚制度的可怕及对生命的压抑，加缪的《局外人》让我们看到现代生活的人的“异化”，它们都展示了文学想象在现代社会、公共想象中的重要位置。福楼拜，包括狄更斯、雨果等人的写作时期正是资本主义文明在欧洲的上升时期，科学、技术、理性成为时代的最高原则，但是，文学却颠覆了这一基本的想象，它让我们发现了这一原则的“愚昧”和“可怕”。

梁鸿的这段论说，指出文学发现与科学发现不同。文学发现能够穿透覆盖社会的重重表象，而洞察到肉眼看不见的却是人类真实生存状态的根本，就如福楼拜在金钱覆盖一切的时候发现了人类的“愚昧”。这种发现正是“天才”。然而，话又说回来，康德本身又是哲学天才，他把发现与发明加以区分又让我们注意到，天才必须把自己的独特发现转化为形式，对于文学来说，就是创造审美形式。如果福楼拜没有提供“发明”即没有《包法利夫人》这部伟大的小说，没有创造这种独特的文体，他对于“愚昧”的发现，就缺少高度与深度。因此，从这个意义上说，康德强调“发明”又是对的，今天我们把康德的“发明”视为“原创性”，这就是说，天才不管有多少形态模式，但他必须具有原创性。天才身上有一种东西必不可少，这就是超群的原创力量。我们今天讲述这一课，当然也寄托着对天才的“期待”，期待在座的同学们能有天才出现。我们的目的是希望同学们明白：文学写作一定要有“原创意识”。我们所写的每一篇文章，都应当在文学历史的长河中，增添新的水滴，即前人笔下未曾有过的新的风景。

第二十二讲 文学与状态

文学状态，也可以说是作家的存在状态。从反面上说，便是非功利、非市场、非集团的状态。从正面说，是作家的独立状态、孤独状态、无目的甚至是无所求状态。

(一) 什么是“文学状态”

今天所讲的课，题目可能会使同学们觉得奇怪，怎么拈出“状态”二字呢？但我要告诉大家这一课特别重要。我讲的“状态”，是指“文学状态”。从事写作，一定要有“文学状态”的意识，也就是说，成功的作家身心总是处于文学状态之中。什么是“文学状态”？关于这一点，中国作家常常不明确。相对而言，西方作家似乎比我们明确一些。文学状态，也可以说是作家的存在状态。从反面上说，便是非功利、非市场、非集团的状态。从正面说，是作家的独立状态、孤独状态、无目的甚至是无所求状态。

首先是非集团的独立状态。文学是充分个人化的精神创造活动，所以作家最重要的品格乃是独立不移的品格，即不依附于任何机构、任何集团、任何组织的品格。不依附，也包括不依附于国家，不依附于政府。这是最基本的存在状态。

为什么明确这个问题，就必须首先了解“存在”和“作家存在”这两个概念？

我们现在坐在椅子上，坐在书桌前，那么，这椅子，这桌子，可称作物的存在；而我们则是人的存在。存在，有的“在场”，有的“不在场”；前者看得见，后者看不见。眼前的物（椅子、桌子）和眼前的人（老师、同学）都是看得见的存在，也可以说是在场的存在，有些不在场的东西，如上帝、意志、伦理、精神、情操等，也是存在。“存在主义”是研究人如何成为自身主宰者的思想体系，也可以说是研究人成为自己之可能的哲学。存在主义哲学家告诉我们，椅子、桌子这种“物”是固定的，而人却变化无穷。物没有自由，而人有自由，即有选择的自由，因此，人乃是选择的生物，必须为自己的选择负责。“选择”决定人的本质，这便是萨特所说的“存在先于本质”的意思。存在主义哲学的这种价值指向，当然拒绝决定论，也拒绝宿命论。对于作家来说，就是拒绝自己的本质被他者所规定，而要做一个自由人——做一个选择自己，成为自己的人。作家可能比普通人更强烈地意识到，人的存在不可以生活在他人眼睛的监督之下，不可以生活在他人的掌握与主宰之中。所以他们也更充分意识到，所谓“文学状态”乃是自由状态。因此，以往作家宣称自己是“人民的代言人”或“无产阶级代言人”，把自己附属于某种机构或组织，就不是文学状态。我和林岗在《罪与文学》中曾举一个例子，那是前苏联著名作家帕斯捷尔纳克在1935年欧洲处于反纳粹法西斯的初期，即使在这样的时候，他也在巴黎召开的国际保卫文化的作家会议上呼吁："我恳求你们，不要组织起来。"我和林岗在书中评论说："帕斯捷尔纳克的恳求与忠告，显然来源于他被组织起来之后所感受到的个人经验，来源于他被组织起来之后所面临的良知约束。"（参见《罪与文学》第三节：文学超越视角）也就是说，组织起来的作家一定会丧失心灵的自由。所以我说文学状态乃是一种非组织、非集团的状态。著名自由主义思想家海耶克在《通向奴役之路》里指出"社会主义"模式有一个问题，这就是它在实行经济计划之后必定还会实行"精神计划"，这种计划也正是精神生产的"国有化"，它当然会束缚个体的创造活力。所以我一再声明我从不反对经济的国有化，但反对心灵国有化，这种国有化意味着作家将丧失整个文学状态。一个整天陷入"交心"过程的诗人，怎么可能拥有个人的语言？1945 年之后，许多优秀的现代作家如老舍、曹禺、巴金都经历过一段"失语"的可怕时期，所谓"失语"，就是丧失自己的语言，而之所以会丧失自己的语言，首先是因为他们丧失了文学状态。

如果说，老一代的中国现代作家丧失文学状态是因为"组织"，因为计划化、集团化、国有化，那么，现在新一代的中国作家，丧失文学状态则是因为市场化。现在"市场"无孔不入，它覆盖一切，也覆盖文学艺术。当下的出版社往往把市场评估放到学术评估与文学评估之上。作家为了迎合市场，不得不改变自己的构思和语言。在当今这个时代，作家能够不向市场低头，能不追求畅销书榜，便成了作家能否保持文学状态的一个关键。所以我在香港的一次作家年会上说，作家为了逃避无孔不入的市场应当重返“象牙之塔”。而要守持象牙之塔也不是容易的事，从作家的主体条件来说，至少得具备两个条件，一是要耐得住“清贫”；二是要耐得住“寂寞”。

（二） 作家主体的存在常态

30 年代，鲁迅翻译日本文学理论家厨川白村的《走出象牙之塔》，那时中国处于国家危难时期，作家的确有必要走出象牙之塔，即走向街头去参加社会革命与社会斗争；可是，现代社会是商品社会，社会潮流正在席卷一切，包括席卷文学艺术，即让文学作品也沦为商品。作家在这个时候，不应当像二三十年代那样走进社会潮流，当“弄潮儿”，倒是应当退出市场潮流，变作潮流外人，即《红楼梦》中所说的“槛外人”。唯有当槛外人，当潮流外人、风气外人，才能守持文学状态。加缪的著名小说《局外人》也有人翻译成“异乡人”，无论是《红楼梦》里的“槛外人”还是加缪的“局外人”，都是社会潮流的边缘人。其实，作家只有让自己从社会潮流的漩涡中退出，把自己放在社会边缘的位置上进入深邃的精神生活，才能赢得真正的文学状态。当然，这是就一般情况而言，如果有的作家，他们愿意走向社会斗争最前线，愿意在时代潮流的中心里滚打，这也很值得敬佩。但是，这种“战士型”的作家，既保持战斗状态又保持文学状态，并非易事。鲁迅是这种状态的成功例子。但他处于战斗最激烈的时候，宣布自己的文章乃是“匕首与投枪”，其杂文是“感应的神经”和“攻守的手足”，则不是一般作家所能企及。尤其是他时时紧绷一根弦，连喝牛奶、吃鱼肝油，也说这不是为了自己，也不是为了爱人，而是为了敌人。这显然是战斗状态压倒一切。这种状态在历史的特殊瞬间里可以理解，例如在国家的生死存亡之际，让个人也融入国家生命，是可以理解的；但在一般的历史语境下，这种战士状态并不属于文学状态。

在一般的历史场合中，作家的主体状态的常态反而是“寂寞”、“孤独”。鲁迅在20年代中期处于孤独状态时写道：“寂寞新文苑，平安旧战场，两间余一卒，荷戟独彷徨。”又有诗云：“躲进小楼成一统，管他冬夏与春秋”，这些诗意表白，看似“消极”，实际这才是真正的文学状态。唯有在这个时刻，他才能沉浸于文学之中。这种沉浸状态，才是真正的文学状态，他的《野草》正是产生于这种文学状态之中。

古今中外的许多大诗人大作家，都经历过“寂寞”时期。正如李白所言：“古来圣贤皆寂寞。”又如龚自珍所言：“侧身天地本孤绝。”作家处于孤岛中，孤立无援，这种孤独状态，其实正是作家的正常状态。孤岛就是象牙之塔，在孤岛中可以“面壁”，可以进入大海的底层。可惜能意识到这一点的作家并不多。有些现代作家热衷于世俗生活，喜欢在世俗生活中充当一个角色。因为世俗角色可以带来世俗利益。每个城市的“作协主席”，就意味着相应的车子、房子与俸禄。然而，世俗角色的桂冠太沉重，一定会影响、削弱作家的本真角色，也就是说一定会破坏作家的本真文学常态。然而，许多作家并没有意识到，热衷于世俗角色恰恰是脱离文学状态。如果曹雪芹也热衷于世俗角色，他就不可能守持十载辛苦的文学状态，当然也不可能产生《红楼梦》。

(三) 作家的孤独状态

刚才我们说作家的孤独状态，乃是正常的文学状态。现在，我还要补充说，这是作家毕生的文学状态。2000 年，高行健获得诺贝尔文学奖之后，香港、新加坡几所学校，让我对高行健作些阐释。我拈出“文学状态”四个字，作为核心概念，用当下时髦的用语，就叫作“关键词”。我觉得高行健最为宝贵的正是他数十年一直守持文学状态。他的“逃亡”，不是“逃跑”，也不是“退却”，而是“守持”，即守持自己充分意识到的文学状态。当时担任香港中文大学的副校长、著名的人文学者金耀基先生听了我的演讲，称赞“文学状态”四个字，一字千钧，给了我很大的鼓励，也说明他理解文学状态的极端重要。

什么是“文学状态”？那时我就作了界定：

> 高行健是个最具文学状态的人。什么是文学状态，这一点中国作家往往不明确，而在瑞典、法国等具有高度精神水平的国家中，则是非常明确的。在他们看来，文学状态一定是一种非“政治工具”状态，非“集团战车”状态，非“市场商品”状态。一定是超越各种利害关系的状态。文学不可以隶属党派，不可以隶属主义，也不可以隶属商业机构，它完全是一种个人进入精神深层的创造状态。这一点高行健也很明确。他的所谓“自救”，就是把自己从各种利害关系的网络中抽离出来。而所谓逃亡，也正是要逃离变成工具、商品、战车的命运，使自己处于真正的文学状态之中。

我强调高行健没有任何隶属。不隶属于党派，不隶属于“主义”，不隶属于商业机构。高行健自己也声称，他没有祖国，没有组织，没有归宿，只有几个朋友和孤独的个人。他真的是个独往独来、自言自语的作家。因此，他总是处于最自由的文学状态中。我作了“最具文学状态”的判断之后一年多，即 2002 年，高行健在美国国际终身成就学院主办的“世界高峰会”上作了演讲（此次会议在都柏林举行，获奖者有美国总统克林顿、前国务卿基辛格、爱尔兰总理艾恒等人），高行健还以“必要的孤独”作为演讲题目。讲述了作家选择孤独状态的理由时，他说：

孩子在独处的时候才开始成人，一个人能够独处才得以成年。对成年人来说，这种孤独感大有必要，有助于个人的独立，至于人格的确立又当别论，还要取决更多……孤独更是自由的一个必要的条件，而自由首先取决于能否自由思考，也正是在独处时人才开始思考。这世界不只有两种模式：是与非，赞成与反对，革命与反动，进步与保守，以及政治正确与否。在作出选择之前，不妨先迟疑一下，留出点独立思考的余地。

当一种意识形态，一种思潮、一种时髦、一种狂热铺天盖地而来，孤独恰恰是对个人的自由的确认。

在这个喧闹的世界上，大众媒体的传播无时无刻无所不在，一个人如果还想时不时倾听到自己内心的声音，也靠这点孤独感来得以支撑。只要孤独尚未变成病痛，对一个人立身行事来说，也就还有其必要。

高行健论证的是孤独乃是自由的必要条件，即自由思想、读了思考的必要条件。在世界进入“喧闹”，当市场、媒体、政治的杂音覆盖一切的时候，孤独更是对个人自由的确认。对于作家来说，如果他还想听到自己内心的声音，也得靠孤独感加以支撑。高行健所言正是：孤独状态恰恰是自由状态，恰恰是文学状态，即“自己成为自己”的状态。

㈣ 文学状态由谁决定

那么，最后还有一个问题：文学状态到底由谁决定？它是上帝提供的吗？是政府提供的吗？是时代提供的吗？是作家协会或慈善基金会提供的吗？都不是。文学状态完全取决于作家自己。我国伟大诗人陶渊明，原先是官场中人，不得不“为五斗米折腰”，但他后来作出重大选择，逃离官场，回到田园中。“实迷途其未远，知来者之可追”，他返回田园，也意味着回归文学状态，这才创作出卓绝千古的田园诗歌。如果他继续留在官场中，那就远离文学状态。杰出的现代作家张爱玲，在青年时代沉浸在文学状态中，所以才写出《金锁记》《倾心之恋》这样的天才之作。可是到了香港、美国之后，她就守不住文学状态了，所以就用政治话语取代文学话语，写出《秧歌》与《赤地之恋》这两部与《金锁记》完全无法同日而语的作品。自由要靠自己的觉悟，文学状态也要靠自己的觉悟。觉悟到自由，才有自由。觉悟到文学状态，才有文学状态。一个觉悟到“文学状态”的作家，他就会舍弃市场、舍弃功名、舍弃荣华富贵，也会舍弃自己的“主义”、功名。“舍弃”不是“背叛”。舍弃是放下外部的一切负累而全身心地进入文学状态之中。然而，这不仅需要见识，而且需要胆魄，有多少作家能够如此胆识兼备呢？

整理者后记

我，再复先生口中的“小潘”，怠惰有余，才气不足，竟终究是幸运的，甚至害怕会在这两年里耗尽一生的运气。先是被敬慕已久的刘剑梅老师（刘再复之女）收归门下，又被安排作刘再复先生的教学助理。两年间，两位恩师又邀请余华、阎连科、高行健、迟子建等国内外知名作家，先后驻校，长短讲学，一时间，香港科大竟如蔡元培时的北大，兼容并包，活泼非凡。

谈到我们的文学常识课，原本叫作 creative writing（创意写作）。讲写作，再复先生本是如数家珍，早在上世纪80年代的解放军艺术学院作家班，先生就给莫言、李存葆、雷铎、刘毅然等作家讲授文艺理论。彼时，是给军中作家讲课，如今，面向的却是理工科的孩子们；前边是文学中人，后边则是文学的“局外人”，如何讲法？先生于是将“写作”（培养作家）视为第二目的，而把增益人文修养，提升生命质量作为第一目的。就算从“写作”着眼，也是“培得根深花自茂”，浸淫在深厚的人文见识中，笔力、境界自不同一般了。

两年间，用心倾听先生讲述文学，就会发现文学是怎样地保护着他，他又是怎样地在文学中纯化自己，用文学的元气，守望着心灵的天籁。先生的文学课关注的是真实的人性和人的生存困境，以及在这困境之中人生诗化何以可能。东汉郑玄（字康成）在《易论》中对《易经》之“易”做出过三种阐释，“易一名而言三义，易简一也；变易二也；不易三也。”其中，“易简”，即“简易”，可勾勒“文学课”第一个特点。“简易”不是简化，而是由简入繁，化繁为简，直抵根本。数十年地阅读、穿透、提升，再艰深的学理经先生一点拨，竟都化作他的真语、隽语、妙语、本色语，一一道来，真是诗意的透彻！你听，他说“天才都是个案”，说“贾宝玉其实是一颗心灵”，说“幸福就是瞬间对自由的体验”，说“作家的文本策略乃是把自己的艺术发现和艺术手法推向极致”。陶陶然听他讲着，诗情窈杳，载笑载言，只感到时间有情，邀我留驻在他乡别处，于是，我比别人多出一个自在世界。

通读“文学常识课”，还会发现它乃是极为完整的文学观。无论是讲述文学的本性、自性，还是讲述文学批评与经典阅读，或文学与其他范畴的互动与对话（如文学与自然、文学与文化、文学与政治、文学与自我等），知识之外，更诉诸良心与责任，澄明与节制。说到底，是先生对文学的至诚至爱。先生不止一次提出“返回古典”的大思路。“返回古典”就是返回天真与质朴，回归到“最有生命，最能表现生命的点上去”。也因此，他特别珍视《山海经》与《红楼梦》，因为这两部经典正点着中国文化的“穴位”（要害）。他说，《山海经》是中华民族最本真的精神，是“知其不可为而为之”的精神；《红楼梦》开篇连着《山海经》，直达现实的根本，又超越现实，是真正关注人的文学。先生的文学课既以文学为“体”，又以文学为“用”，即以文学的经典极品作镜，作参照，正视人的真实存在和现实世界的精神阙如。北京大学社会学系教授郑也夫曾对当下年轻人缺少读书热情做过“诊断”，原因之一就是“我们的社会氛围太过功利，不重视主体自身的乐趣，不重视开发主体阅读的兴趣”。文学课所做的恰是超脱现实之“实”——功利也好，浮躁也罢——在“失乐园”上重新觅得阅读的乐趣和重新把握这趣乐的能力，还有，那明知不可为也要为之的胆魄和勇气。

于是，善于“听课”的人，会如我一样，既得陶醉也得启迪。这启迪不仅是对宇宙、世界、他人的观照和体认，更是一份自知、自明与自省，是“转识为智”之后的“明心见性”。终归，文学课完成的实际是一场自我教育。诚如木心先生所言，“所谓教育，是指自我教育。一切外在的教育，是为自我教育服务的。试想，自我教育失败，外在的教育有什么用?”幸甚至哉，在这历史的刹那，在先生倾心植培的爱与美的菩提树下，我与我的同学们，遇见了自己的无限可能性，又在这无限之中，找到了成为自己的可能性；知道了怎样“知命”，进而“立命”，拳拳向世界心灵靠近。

回想起来，距最后一课已过去两月有余，我却时时把自己放进回忆的诗里，放进每周五上课的那些温暖的黄昏里，

我们闲聊，直到雾气上升
树林相继模糊
一幅巨大的水墨画
我们只是无关紧要的闲笔
那是多么美好的一个黄昏啊
就像是世界上第一个黄昏

（选自李元胜《青龙湖的黄昏》）

亲爱的读者朋友，愿您与我同享这精神的至乐。

淑阳

2015 年 1 月 19 日

清水湾

香港科技大学

图书在版编目（CIP）数据

文学常识二十二讲/刘再复 著．—北京：东方出版社，2015.7
ISBN 978-7-5060-8336-2

Ⅰ.①文… Ⅱ.①刘… Ⅲ.①文学—基本知识 Ⅳ.①I

中国版本图书馆CIP数据核字（2015）第165840号

文学常识二十二讲
（WENXUE CHANGSHI ERSHIERJIANG）

作　　者：刘再复
责任编辑：王　艳
出　　版：东方出版社
发　　行：人民东方出版传媒有限公司
地　　址：北京市东城区东四十条113号
邮政编码：100706
印　　刷：香河利华文化发展有限公司
版　　次：2016年1月第1版
印　　次：2019年5月第2次印刷
开　　本：635毫米×965毫米　1/16
印　　张：19
字　　数：192千字
书　　号：ISBN 978-7-5060-8336-2
定　　价：42.00元
